悪役のご令息のどうにかしたい日常

Akuyaku no Goreisoku no Dounikashitai Nichijyo

Presented by
馬のこえが聞こえる

illustration コウキ。

CONTENTS

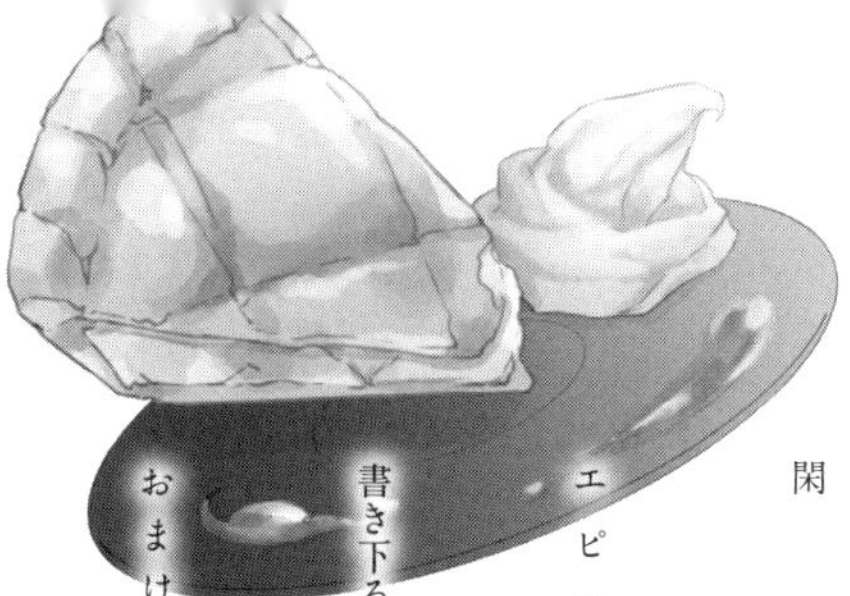

プロローグ

どうにかしたくなった話

「かっ金目のものを置いていけ……！」

街に出たとたんこれ。

すごい。ついてなさがすごい。

目の前に立ちふさがった黒髪の男の子に黒糖の麩《ふ》菓子みたいな太さの棍棒《こんぼう》を向けられ、壁に追い詰められてる僕は貴族なわけですが、麩菓子のおいしさを知ってる。

なぜなら先週、前世を思い出したから。

簡単に流れをいうと、ことの起こりは、お金と立場を使って使用人たちを相手にやりたい放題してたとき。

『こんなまずいリンゴを作ってるのはおまえか！　カイコしてやろうかカイコしてやろうか！』

『申し訳ございません、ぼっちゃま』

『だめぇーゆるさない！　お父様に言われたくなければリンゴの、この茶色いのないやつを作れ！　いま！　パって目をあけたらできてるくらいで！』

『は、はい！　かしこまりました！』

『んはーっはっは！　走れ走……、えぇ……？』

Akuyaku no Goreisoku no Dounikashitai Nichijyo

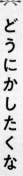

仰《の》け反《ぞ》って高笑いしてるところでババーッと脳に流れこむ前世の〝僕〟の自意識。

かつて日本という国の高校生の17歳だった〝僕〟は、気づいたら帝国貴族の三男6歳の僕になってた。これを〝思い出す〟っていうのかな。

とにかくそうなると偉そうにしてる現状に恥ずかしさとイタさが襲いかかってくるから、しゃがみ込んでギュッと丸まるしかなかった。

それから、お部屋に戻りベッドにうつ伏せになること三日。

ぼっちゃまぼっちゃまと心配され、お兄様二人がきてベッド脇でじっくり様子を見られたり、お父様からは何を落ちこんでいる！　がんばれ！　と浅めの叱咤《しった》激励をされて、さらに思い出した。

『アスカロン帝国戦記だこれ』

マイナーメーカーが作ったＲＰＧ。ファンタジーだけど恋愛ゲームであり戦略ゲームであり、魔王を倒す勇者の物語。その勇者の当て馬、いやライバルとして立ちはだかるトリアイナ家。

あ、それうちじゃん、ってね。

だって家族の名前が一致するし、ここはアスカロン帝国だし、僕は魔法が使えます。

僕はフラン・ドゥクス・トリアイナ。公爵家の三男だよ。

未来で勇者にやぶれ、兄たちに三兄弟の中でもっとも最弱って言われる存在。いわゆる悪役。ついてない。ひどい。

一週間。ひっそり混乱して落ちこんで考えて、立ち直った。

『まずは悪役をやめよう。お家《うち》を出て、平和なとなりの国とかでくらそう』

お家に隠し通路があるのは、ゲームをやった僕だから知ってる。お兄様たちは知らないかも。

夜中にこそこそーっと別棟の階段下にある物置きに入り、さらに奥にある扉をあけたら冷たくて暗い通路。

『こわわ……』

まぁまぁまぁ。存在することがわかったから実行はお昼にしよう。

ということで、もういちどお昼にチャレンジして、それでも暗い通路を泣きながら通り抜け、突き当たりのはしごをのぼって木戸をあけると街の外れにある無人の教会に出られた。そんでそこを出たところで回想おわり。

「聞いてるのかっ！」

「あ、ごめん……」

駄菓子棍棒を持った少年に脅されているんだった。

僕より年上、たぶん10歳くらいの少年は棍棒を持った手が震えてる。脅しなれてないと思う。

前世の僕は頭がよくなくて不良だらけの学校にいったたから、なんかあんまり怖くない。それよりまたあの暗い通路を通らないとお家に戻れないってほうが絶望感すごい。

「お金とカネメのもの、どっちがいいの？」

お金、あったかなあ。僕自身が払うことはないから、あるとしたらカネメのもののほう。

ん〜……とポッケをゴソゴソしたけどなんもない。６歳の僕が身につけなきゃいけないのないもん。

アクセサリーのたぐいもない。

「お洋服しかないけど、売れる？」

「お、おう」

「じゃあ、はい」

両手をひろげて待機。

「な、なんだ？」

「お洋服でしょ？　はい」

「……っだから！　なんだよ！」

「僕、ひとりでできないから、好きなの持っていっていいよ」

「え、服ぬげねえの……？」

「うん」

Ｔシャツと違うし、やったことないから体をうまく動かせないと思う。ムリをして破いちゃったらダメなのはわかる。

両手ひろげ待機のまま、少年を見上げてたらハンッと鼻で嘲笑《わら》われた。悪意あるぅー。

「貴族ってアホだな」

「わかりみ」

前世を思い出してみたら、いまの僕はアホで正解だよ。かしこいね。

素直に同意したら変な顔をした少年は、近づくと服のボタンをいくつか力任せに引きちぎった。

ひっぱられて揺れる僕の体は少年が支えてくれた。

「これでいい。もう帰れ」

「たりる？」

「薬を買うにはじゅうぶんだ」

「ふうん」

よくあるよね、貧困層の人がお薬を買えないこと。そういうのってお父様に言ったらどうにかなるのかな。……ならないかな、お父様は体育会系だし。

「じゃあ僕は帰るね」

街に出られるのもわかったし、ひとまず今日は帰ろう。

「ああ、気をつけろよ」

「うん。あ、ねぇねぇ、君はいつもここにいる？」

「たまにな」

「そっか。じゃあまたね」

「……ああ」

教会にもどり、センターにある机の下の絨毯をのけて木戸をあけて入る。こんな数分じゃなにも変わってなくてまっくらだ。

「こわわ……」

泣きながら帰った。


やっぱりお家って安心する。

将来出ていく予定のお家だけど、お昼の明かりはたっぷり入ってキラキラしてるし、使用人の気配もあるから怖くない。

「ぼっちゃま！　お探ししました！」

「キティ……！」

僕を探していたらしい僕つきのメイドさんの中でも背が高いキティが、涙目で駆けよるものだから僕も半泣きでスカートに飛びこむ。

うう、やっぱりわがやがいちばん……。

「いたのか」

「はい！　セブラン様！」

モニュ！　と頭をつかまれた。

そのままヘッドマッサージするように捏《こ》ねられつつ、見上げると7歳上の次男セブランお兄様がいた。僕よりお背が高いお兄様が、緑色の目を細めて見下ろしてくる。

「いたずらっ子め。探したぞ」

「もうしわけありません」

「どこで何をしていたかは聞か……フラン、その服はどうした！」

「まあ……!!」

青ざめて口を押さえるキティが可哀想《かわいそう》とは思う。

けどその前に、聞かん、って言おうとしてキザなお顔してたのを僕は見た。それをすぐさま変えて聞いてくるセブランお兄様がコントみたいでフフッとなったら、強めに肩をつかまれた。

弟の服のボタンが引きちぎられてたらそりゃあ驚くよね、ごめんなさい。

「フラン、何があったか言いなさい」

んん、しまったな。言い訳を考えてなかった。

「ハトにあげました」

「……は？」

とっさに出た言葉だけど、なんか「イケる！」って思った。

なので、ボタン、ハトに与えた説を押し通すことにする。

「ハトが欲しそうだったのであげました。ボタンってお豆みたいでしょう」

「……フラン」

セブランお兄様にぎゅっとされた。一瞬強く抱きしめたあと、体を離してしっかり目を見られる。

そして言い含めるように言った。

「いいか、ハトはボタンは食べない。なぜならボタンは豆でできていないからだ。……ちゃんと勉強をしよう、お兄様も付き合うから」

ガチめに頭が悪いと思われた。

セブランお兄様に手を繋《つな》がれて部屋に連行される僕。そういえば家庭教師のくる時間だもんね。

僕の悪役脱出の話はこうして始まったのだった。

第1章 フラグを倒そう！

Akuyaku no Goreisoku no Dounikashitai Nichijyo

†お兄様と僕のアップルパイ

よく晴れた日、庭園でアップルパイを食べてる。

食べながらも悪役として勇者にボコボコにされる未来をうれう僕、６歳。

「ぼっちゃま、本日のパイはいかがでしょうか」

わきでスタンバイしてるのはうちのシェフ、36歳。僕がいっつも呼び出して作り直させるせいで、いつからかとなりで待機するようになった。なぜか毎回ニッコニコでどうですかって聞いてくる。

僕は口にいれたアップルパイを味わって、ごくん。

「ん！　リンゴの味じゃないのはいってる！　んもぉおまたアレンジした！　なんでアレンジすんの……っ」

「ぼっちゃま、恐れながらこれはベリーパイでして……」

「この紫色のはいってないの作れ！　すぐ！　いま！　おなかいっぱいで寝ちゃうまえに！」

「は、はい！」

いつものようにダッと厨房《ちゅうぼう》に駆け戻るシェフの背中を見送ってから、ハッとする。

これ。これだ！　僕、悪役の所業が身についちゃってる！

「ボコボコにされちゃうぅ」

すごいナチュラルにわがまま言っちゃう。あっ、でも高笑いはしなかったから、前世の効果はあったよね！　……うぐぅぅう！

嘆きながらフォークにさしたアップルパイ（仮）をもぐもぐして飲み込んだ。気持ちのせいか、紫色のジャムのせいか、ちょっとすっぱかった。

「フラン」

「ステファンお兄様」

僕と10歳離れてるいちばん上のお兄様、ステファンお兄様が屋敷から歩いてきた。セブランお兄様より大きいし、金色の髪がキラキラして目立つからすぐわかる。いつもは騎士団にいて忙しいみたいで、お家《うち》にいてもお家が広いからなかなか会わない。ひさしぶり～。

立たないまでもフォークはおいてステファンお兄様がすわるのを待つ。

「打ち上げられた人魚ごっこは終わったのかい」

え、そんなグロいモノマネしてたっけ？

「ベッドで臥《ふ》せったまま動かなかったではないか」

「あれは、僕がなんで僕なのか考えてたんです」

もっとも最弱！　とか言われる人に生まれ変わらなくてもいいじゃんね。勇者でもよかったのに。

運が悪かった気しかしない。

「ほう！　フランは哲学を学んだのかい。さすがは我がトリアイナ家の男だ」

適当な褒め言葉をくれながら、ステファンお兄様はお兄様用に切り分けられたアップルパイ（仮）のお皿を僕によせてきた。

「？　食べないんですか」

「フランの分が減ってしまうだろう」

「僕はもうふたつ食べました。新しいアップルパイもきますし」

そう。僕はわがままを言うわりに、ディスった食べものをいつもしっかり食べてる。気づいたら手が動いてるの。記憶が戻るまえからそう。なんだかんだ言っても、シェフはプロだから僕のきらいなものもおいしく作ってくるんだもん、しかたない、しかたない。

「そうかい？　ではいただこうかな」

「あっ待ってください！　いまきてます！　きてます！」

「うん？」

「シェフダッシュ！　走って！　しぬきで！」

厨房側からワゴンを押してくるシェフが見えたので、ステファンお兄様を制止して、シェフを急《せ》かす！

僕の声が聞こえたようでガラガラガラーッとワゴンが猛スピードで到着。取っ手をつかんだシェフもズザーッと僕の横に着いた。

ワゴンのうえにはつやつやのホッカホカのアップルパイ！

「ぼっちゃま、お待たせいたしましたっ、ああ！　これはこれはステファン様!?」

「ああ、料理長。昼はここにいるのか」

「シェフ、はやく切って！　ステファンお兄様がガマンできなくなるまえに切って！」

「フラン、お兄様は大人だから我慢できるよ」

「リンゴ？　これリンゴだよね？　茶色いのかけてないよね？」

「はい、シナモンなし、ただのアップルパイでございます」

「んあああ～すごい！　おいしそう！　すごい！」

「フラン、落ち着きなさいフラン」

ふんっふんって鼻息が荒くなってるのはわかる。でも焼きたてってすごくないっ？　ハチミツもかけたいし、バターの濃厚な香りでおよだがお口にじゅわぁって……！

「どうぞ、ステファン様、フラン様」

切り分けられたアップルパイ。これこれぇ！

「……っんんんぅ～！　おいしい！」

ほっぺに手をあててもっぐもっぐ。噛《か》むたびにリンゴの甘い果汁と煮汁……が……。

（…………）

僕のとなりにはワゴンが二台。紫色ジャムのアップルパイとアップルパイ。ホールサイズだから、僕が食べたところで半分以上のこってる。

ステファンお兄様と僕をニコニコ見守るシェフとメイドさん、そのた使用人がたくさん。

チラッと横を見たら、ステファンお兄様はアップルパイをナイフで切ったあと、僕を眺めながら紅茶を飲んでるし、おなかすいてないのかな。二個目とかぜんぜんいかなさそう。僕ももうねむいし、いっぱい食べたらお夕食食べられなくなってお父様に叱られるから食べない。

（うぐぅ……）

ここか。ここが悪役とそうじゃないやつとの分かれ目かもしれないのか……！

もういちどワゴンを見る。ツヤツヤに輝いたとってもおいしそうなアップルパイ。あれは僕の……僕のアップルパイ。

「の、のこったのは、のこったのは……」

「フラン？」

「ぼっちゃま？」

フォークを噛んでモソモソ言ってる僕をみんなが見る。

ぎゅっと目を閉じて思いきって言った。

「のこったのは、みんなで食べて！」

断腸の思い！　つらい！　せっぷくに近いもんね！　つらい！

「ぼっちゃま……ありがたき幸せにございます」

「ぼっちゃま」

「ぼっちゃま」

周りからぼっちゃまぼっちゃま言われる。ありがとうございますやら鼻をすする音が聞こえるし、キティが「ああーっぼっちゃまぁー！」と言って芝生《しばふ》に倒れた音もした。

僕はカッと目をあけて、ワゴンは見ないようにして目のまえのアップルパイを食べる。食べるたびになくなっていくけどしかたない。

もぐりもぐり噛んでたら、ステファンお兄様が頭をなでてくれた。

「慈悲を知ったのか、えらいぞ」

「僕はよい子になるって決めたのです……」

そして勇者にボコボコにされないようにとなりの国に避難するんです。

「そうか、フランは良い子になるのか。ならばお兄様も協力しよう。これはお兄様からの応援物資と思いなさい」

ステファンお兄様は食べかけのお皿をくれた。食べかけっていってもぜんぜん減ってない。切り口からこぼれたリンゴがちょっとなくなってるくらい。

「ステファンお兄様はあまいのおきらいでしたか?」

「ふふふっ実はそうなのだ。フランがいるから来たけれどね。ひさしぶりに会ったが、フランは変わったな……トリアイナの男として成長していて、私は安堵《あんど》したよ」

ハンカチを出して口元を拭ってくれるステファンお兄様。こんなやさしいお兄様が「やーい最弱ぅ(意訳)」って言ってくるなんて、ゲームの僕はお兄様とどんな関係をきずいてたんだろう。

悪役にならないためには、お兄様たちともりょーこーな関係をきずこう。

僕はさっそくステファンお兄様のお皿に手を伸ばしながら決意を新たにしたのだった。

†魔法の練習をして強くなりたい気持ちはある

『アスカロン帝国戦記』で勇者に立ちはだかる最初のボス——つまり僕は魔法使いよりの剣士だった。キラッと光る剣術に状態異常系《デバフ》魔法を合わせてくるなかなか厄介で手強《てごわ》い敵だ！

うそ！

剣が光るのは宝石をいっぱい使ったからだし、状態異常なんてお薬のめばすぐ治っちゃう。そもそも魔法を封じれば僕のへなちょこ攻撃力は勇者がおそれるものではない。

「せんせぇ、僕の魔法って火とか氷をぶわーってやるやつにならない？」

「ならないですね」

「うぅ……」

家庭教師の魔法使いのアルネカせんせぇ（26歳）がものをハッキリ言ってくるよぅ。帝国さいねんしょーで魔法庁に入ったエリートだから、ソンタクっていうのをしてくれないの？　僕、わりとエラい貴族なのに。

「ほら、フラン様、寝そべってないで反復練習をしますよ」

土の敷かれたお庭で魔法の授業をうけてる。おに教師が真横で見下ろしてくるから、もぞもぞ立ち上がって両手をまえにつき出す。体のなかで魔力をねりねりねりねり……

「んんんんー……えい！」

ポフンッ

まぬけな音がして、ピンポン玉より小さい煙玉があらわれた。これが僕の魔法でさわるとちょっとだるくなる煙。そして二秒後にはサラサラーと霧散しちゃう。

「もう一度」

「んんんー……えい！」

ポスン……ッ
「もう一度」

「んぬぬぅー………えい！」
ポ、ス……
「もう一度」

「んぅううっ……もうでないっ」

「もう一度」

「わぁああん！　ループこわいよぉ‼」

手をぎゅっと握りしめ地面にふせって体ぜんぶできょひをしめす。

これ！　このせんせぇのここがいや！

めちゃくちゃ淡々と繰り返してくるの。表情もあんまり変わらないから機械みたいだし、こっちが勝手に圧を感じるの‼

「はぁ……。ではフラン様、本日はここまでにしましょう。魔力も尽きたでしょうから、よく食べ、よく寝てください。本日はありがとうございました」

僕が地面に丸まってるのに、ふつうに帰っていくせんせぇ。サイコパスなの？

それより置いていかれて立つタイミングがなくなった僕は、ど、どうしたら。なぐさめ待ちだったのに……こういうとこがダメなんだよね、きっと。これの積み重ねがワガママ貴族になるんだよ。

わかるけど、わかったけど、いまはなぐさめてよぅ。

「ぼっちゃま、失礼いたします」

「…………」

キティがひょいと持ち上げてくれた。メイドさんだけど力持ち、それがキティ。元騎士だから腕力の安定感たるやメイド一なのです。そのまま脇に抱えられるようにして屋敷のなかに運ばれる僕。されるがままにしとくのがコツだ。どっちにも負担がないのだ。３歳から技術をみがいた僕です。

「ぼっちゃま、お夕食はいかがなさいますか」

「……おなかいっぱいだからいらない」

「かしこまりました」

階段をのぼってちょっと行ったら僕のお部屋、ベッドにそっとおろされた。お洋服のままもぞもぞ横になって寝たら、キティに靴をぬがしてもらう。

寝ちゃおうかな。アップルパイでおなかいっぱいだし、夜におなかすいたらキティにご飯持ってきてもらったらいいもん。

「……、ぼっちゃま、先ほどの教師がお嫌でしたら解雇も可能でございますよ」

枕元にしゃがんだキティがやさしく言ってくれる。

じつはこれまでに三人の先生をカイコしてるんだ。最初の先生はこわくて、つぎの人は火魔法使えるよって言ったのに使えなくて泣いて、三番目の人は自由にしてていいよって言ってなにもしてくれなくて。

だからいまのせんせぇをカイコしてもまたお父様が用意してくれる。

もっとやさしい人にしてって言ったらそうなる。

「…………いい。がんばる」

「かしこまりました。差し出がましいことを申しまして申し訳ございませんでした」

「ん」

わがままはいつでも言えるし、言ってた。でも僕には悪役にならない、良い子になるという目標がある。もうちょっとだけがんばろう。


三日後。

「では本日も魔法の基礎、魔力の練成を中心に行いましょう」

きたな、おに教師め！　おすましなお顔で言ってくるけど、今日の僕は一味ちがうんだからな！

「では、始めてください」

両足をひろげて、手をまえにつき出して魔力をねりねりねりねりねり……

「んんんんー……えい！」

ポフン！

「はい、もう一度」

「ほめて」

「………なんですか？」

「ほめて」

手を腰にあてて、せんせぇを見上げる。目をほそーくして僕を見てくるのこわ……。

や、やるよ？　魔法の練習はやるよ!?　でもほめてくれてもいいじゃん！

「ほめて！　やる気になるからっ」

「そんなものなくても、実力は変わらないでしょう。さぁもういち」

「変わるの！　ほめられたら、すごくがんばれるから変わるの知らないのっ？　ばかなのっ？」

「なっ……この私が馬鹿だというのですか！」

「やったことないのに『変わらないでしょう（キリッ）』とかいうの、ばかだもん」

「や、やったことは」

「ないもん。せんせぇはほめたことないもん」

「ぐっ……」

…………………。

せんせぇと僕のうごきがとまる。

にらめっこだ。

「……よ、くできまし、た」

「！　でしょー!!」

せんせぇがフホンイな感じだけどほめてくれた！

すごい。思ってたよりうれしい！　ギャップのせいかな？　でもいそいそと練習のポーズをとって
せんせぇを見上げちゃうくらいにはうれしい。

「もっかいやるね！　見ててね！　んんんぅーっ……えい！」

ポスン……ッ
ちらっ
「……よく、できました」

「うん！」

ポスンポスンとだんだんガス欠みたいになってきたし、ちらっと視線をあげないと言ってくれないけど、ほめられるとやる気になるねっ。

せんせぇはほんとにほめ慣れてなくて「よくできました」しか言わなくてループ感あるけど、ちょっとほっぺが赤いから機械じゃないんだなって思えた。

そうやってごきげんに練習をしてたんだけど、いよいよ魔力がつきてきた。

(んんんんー！　だめかも、魔法でないかも。なんかでない気しかしないぃ……)

「んぬぅううーっ……せんせぇほめて！」

「はっ？　えっ⁉」

「はやくっ！　心折れちゃうまえにほめて！　ぜんりょくで！」

「す、すごい！　フラン様はよくできてますっさすがだ！　ええとあとは、そう、やる気のフラン様はかっこいいですよ！」

「ンぐぐぐぐ……えいーっ！」

ポフン！

ガス欠気味なのにまああ大きいの作れた。

びっくりしてうれしくてせんせぇを振り返ったら、せんせぇも目をまんまるにしてびっくりしてた。

「せんせぇ！」

「すごい！　フラン様やりましたね！」

わーっと駆けよったらせんせぇは僕を持ち上げてグルングルンしてくれた。細マッチョなのかと思ったけど、これ風魔法を使ってる！　さすがせんせぇ。

「えへへっ　せんせぇの応援のおかげだよ！」

「いいえ、フラン様が頑張った成果です。よくできました、満点です」

「ん。あの……」

「はい」

「あのね、せんせぇ、ばかって言ってごめんなさい」

勢いにのってディスってごめんね？　抱き上げられてるから上からだけどホントに謝罪したい。だいたい僕、前世を思い出してオトナなはずなのに。恥ずかしい……。

ゆっくり地面におろしてくれたせんせぇが、膝をまげてお顔を僕と同じ高さにしてほほえんだ。

「フラン様の言うとおり、言葉のちからとは凄《すご》いものですね。私も不勉強でした」

「仲なおりしてくれる？」

「もちろんです。これからも頑張りましょうね」

「うん！」

えへへ。

せんせぇといっしょに頑張ってつよくなるぞ！　おとなりの国に逃げるためにもね！

†外の世界のルールはよく知らない

「へぅ……っ、えぅ……っ」

涙と鼻水でぐしょぐしょになったお顔を袖でふく。

なんなの、なんでこの隠し通路はこんなに真っ暗なの。灯《あか》り魔法なんてたくさんあるんだから、ジンカンセンサーみたいのつけてよ、こわいじゃん……！

屋敷の隠し通路を通ってだれもいない教会についた僕です。入り口を押すと明るい外。

その光の中にすごく見覚えある人のかげ。

「あっ、カツアゲくーん！」

「や、やめろ！　評判悪い！」

教会の外塀、ちょっと崩れちゃってるそこに、いつかのボタン引きちぎり型カツアゲくんが座ってた。

たまにいるって言ってたのに、僕がたまたま来たときに会えるなんてぐーぜんだ！　だれかと会えたうれしさもあって全力で手をふっちゃう。

「ひさしぶり～！　なにしてるの？　ひまなの？」

「うわ、警戒心ないのかおまえは。ちょこちょこ失礼だしよ。……ん、これ」

カツアゲくんが拳をズイっと差し出してきた。

「なに？」

「………ボタン。返す」

「あ、僕のお洋服のだ」

手のひらに転がされたのは白いボタン。セブランお兄様にきちょーな貝でできてるって教えてもらったやつ。

四つくらい持っていかれたけど、三つ返してくれた。

あれ？　カツアゲくん、これでお薬買うって言ってなかったっけ。

「いらなくなったの？」

……ハッ！

ま、まさか、まに、まに、間に合わなかっ……

「なんて顔してんだよ、無事だ無事。ここらのボスが変わって薬が安くなったんだ。……そのボタン、すげえ高価なやつだったんだな」

「うん、なんとかゴンのツノについたナントカ貝でできてるんだって」

「ぜんぜん覚えてねぇのはわかった。……そのさ」

「ん？」

「……一個売っちまったけど、そのボタン、いつか必ず弁償するから。おまえのおかげで助かった、恩に着る」

「りょかーい」

「ツハ！　軽いな、おまえは」

そっか、だれだか知らないけど、その人が助かってよかった。

ボタンももういらないなら持ってかーえろ。キティに渡したらお洋服直してくれるかもしれないもんね。ポッケにゴソゴソいれてたら、カツアゲくんがこっちをじーっと見てた。

「なあに？　やっぱりカツアゲしたくなっちゃった……？」

「しねーよ！」

すぐに大きい声出すぅ。やっぱり前世の不良にくらべると、カツアゲくんはお雑魚《ざこ》の感じがするからこわくない。

カツアゲくんが口をモニモニさせて、何事か言いそうで言わない空気を出してるから、やさしい僕はとなりにすわってあげた。

崩れた塀ってすわりづらいなぁ。

「……おまえさ、マジで警戒心なさすぎじゃね？　オレが実はもっと金が欲しくて襲うかもしれねーんだぞ」

「え～カツアゲくんがぁ？」

「その渾名《あだな》ヤメロ。オレの名前はトレーズだ」

「ん！　トレーズよろしくね！　僕はフランだよ」

「お、おう」

「うん。あのね僕、ちゃんとタイサクしてきたんだ」

「対策？」

ほら！　とポッケのなかを見せてあげる。

いまいれたばっかりのボタンのほかに、キラキラ光るちっちゃい宝石。僕の小指の爪くらいの大きさが十個くらい。

「追いかけられたらこれを投げてちらかすの。で、そっちに群がってるあいだに逃げれるっていう天才の考え！」

どや顔をしてる自覚はある。でもこれはどやっていい知識だと思うよ！　なんと、前世でおともだちがジッセンしたやつだからね！

ふふふふん‼　と鼻息で笑って胸をはる。

高笑いしたくなったけど、がまんできるんだよ！　天才の僕は！

「ベテラン商人のやり口じゃねぇか……」

ふぅとため息をついたトレーズが、僕のポッケをおさえてきた。

「やたらに見せねーほうがいい。そもそも持ち歩くなよ、余計に狙われるぞ」

「狙われたときにまくんだよ」

「そうじゃなくて……危ないとこ行くならオレが付き合う。だからこういうのは持ってくんな」

「！　僕といっしょに行ってくれるの！　街でもいい？　街のごあんないしてくれるっ？」

「お、おお、案内してやる。だからな、聞いてるか？　この宝石は」

「おいてきます！」

すごい！　ラッキー！

これで帝国から脱出する方法をさがせるぞ。そうだ、お菓子もいっぱい買お！

「それよりこうみえて僕はグルメですので！　おいしいお菓子屋さんにいきたい！　トレーズがしってる！」

「わかった、わかったから！　菓子屋も知ってる！」

「じゃあじゃあ今からいこうっ。僕、クッキー食べたい！」

「待て待て待て待て」

おいしいものを見にいけるなんて気持ちがあせっちゃう！

トレーズのお膝に手をおいてグイングイン揺らしてたら、肩をぎゅっとおさえられた。

「いいから落ち着け、ものごとには順序ってもんがあるんだ。まずその服じゃ街に行けねーよ。貴族ってバレてすぐに拉致《らち》られる」

「らち」

「身ぐるみ剥がされて、おまえは……まぁ、か、可愛《かわい》い顔してっからな、どっかに売られるだろう」

「僕ほんたいが？」

「本体が」

人身バイバイなんてどっかの物騒な外国でやってる話だと思ってた。わが国でもそんなことが……。

脳裏に悪とたたかう戦士にカイゾーされてしまう自分の映像がうかぶ。

（こわ……）

ゾッとして、お顔が冷たくなって、目のまえがくらぁっとした。そのまま体がうしろにグラーッと、

「うお！　大丈夫かっ？　……怖がらせて悪かったけどよ、本当のことだから。今日はとりあえず帰れ。送ってくから」

「うん……ぁっ」

ダメだ。隠し通路できたから帰れないや。うう、頭くらくらして気持ちわるい。でも隠し通路は僕ひとりで戻らないと。作った人はなぜあんな道にしたの、緊急のときにあんなこわい道とおったら元

気なくなっちゃうんだぞ……！

「うぅ……カツアゲくん、こわくて泣いちゃいそうなので、ぎゅっとしてください……」

「お、おう。こ……これでいいか？」

想像したら涙がでてきちゃったから、両手をトレーズにのばす。トレーズは戸惑ったお顔してたけど、引きよせてキュウと抱きしめてくれた。

「あとお背中もトントンおねがいします……」

「トントン……ああこうか。弟たちによくやったわ」

もぞもぞ移動してカツアゲくんのお膝にのる。しがみついてトントンされたら、こわい気持ちが少し薄れてきた。

「猫みたいだな」

「あのね……もうちょっとしたらひとりで帰れるからね……」

「わかったわかった。無理してしゃべんな」

トントンとやさしくお背中をされたらウトウトしてきた。

そのままホンノウにしたがってちょっと寝て、起きたら元気になってた。

「ん、もうだいじょぶ。帰れそう。ありがと、カツアゲくん！」

お礼を言ってバイバイしたら「トレーズだ！」って言ってた。

一回アダナつけちゃうとそっちで覚えちゃうんだよね。ごめんごめん。

†お兄様とお風呂で裸のツキアイ！

お家《うち》の廊下をずんずん歩いていくキティに身を任せながら、僕は思案にくれる。

気のせいかもしれないけど、剣術、むいてない気がする……。

月に何回かある剣術のしゅぎょーは、もともと帝国一の剣豪だったっていうおじいちゃん先生に教えてもらってる。

ほそーいおじいちゃんvs僕。圧倒的に負けるのはいいの。剣豪ってそういうのですし。でもお稽古のあと毎回ドロだらけになるのは一般的ではないよね？　剣術ってシュッとしてスマートにたたかうやつじゃなかったっけ。

ゲームの僕も「フッ、僕の華麗な剣技にひれふせ！(魔法《デバフ》ポコポコ)」ってかっこつけてた。……かっこつけてたなぁ。

「ぼっちゃま、セブラン様です」

「んー？」

キティにぶら下げられた僕が顔だけあげると、廊下のむこうからセブランお兄様が歩いてきてた。

キティにおろしてもらってごあいさつするのに待機。しばらくして目のまえにきたセブランお兄様は笑ってた。

「フラン、また運ばれていたのか」

「はい……」

バレてた。恥ずかし！　距離あったからバレないなーってゆだんしてたぶん、ポポっとほっぺが赤くなっちゃう。

「おそれながら、フラン様はお屋敷を汚してしまうと危惧《きぐ》なさいまして」

有能オブ有能なキティのフォローがさえわたる！

そうだよ、べつにお稽古のあと歩くのがめんどかったからじゃないよ。ドロだらけだから、歩いたところが汚れないようにって気をつかったんだよ。……お家ひろすぎぃ。

「たしかに砂まみれだ。剣術稽古でなんでそんな風になる？　……清浄魔法《クリーン》」

首をかしげながら、セブランお兄様が魔法をとなえた。フワーとやさしい風がふいたら、ドロも汗もキレイになった僕、爆誕！

清浄魔法は貴族ならみんな使える魔法なんだって。僕はまだ6歳だから使えなくて、いつもふつうにお風呂で洗ってもらうんだけど、セブランお兄様のおかげですっきりしちゃった。

「セブランお兄様、ありがとうございます」

「うん。もしかして、フランは風呂に行くところだったのか？　昨日も行っていなかったか」

行きました。きのうはヒマだったから二回行ってみました。

なんか前世を思い出してから、一日いっかいはお風呂に入りたくなる。それまでは気にしてなかったのになー。

魔法があるからお風呂にはいる必要はあんまりない。だから首をかしげてるセブランお兄様の反応はふつうのやつ。

「……今日も行くのか？」

「はい。セブランお兄様にキレイにしてもらったけど、いえキレイになったからこそっ！　いまからお風呂いこうと思ってます」

「そうか……ではボクも行こう」

「！　ごいっしょですか！」

「ああ、一緒にだ」

「わあい!!」

うれしい！　ひとりでのびのびも良いけど、お風呂が広いからちょっとさみしかったんだ！

ニコニコしてたら頭をなでてくれたセブランお兄様は、おつきの人になんか言って、ほんとうに一緒にお風呂にきてくれた。


目のまえに豪華なお風呂があります！

プールみたいに広いお風呂にお湯たっぷり、金ピカで宝石がうまってる、すごく、なんか、すごく派手！　おちつきはしないやつ！

贅沢品《ぜいたく》、とかいうので、あんまり使わないのにお金かかってる。ケンイのショーチョーらしい。よくわからないけど、僕は泳ぎたくてうずうずしちゃう。

「では、こちらへどうぞ」

「ん」

そのたっぷりのお湯のまえに置かれた大きめの桶《おけ》に入る僕。

体育座りで待ってるとキティがお湯をかけてくれる。

まわりに使用人をスタンバイさせて、湯船に入ったセブランお兄様がびっくりした顔でこっちを見て言った。

「え、フランは入らないのか？」

「お父様におおきいお風呂はダメってゆわれました」

二回お風呂へ行く僕を目撃したお父様が、「フランは小さいから溺れそうだ！　湯船はよせ！　入りたいなら父を呼べ！」って力強く言われたら、僕もメイドさんもはいと言うしかないもん。

そんでいざお父様呼んだら、仕事で家にいないっていうね。そんなワナあるかね！　まったく！

「髪も洗いますか？」

「ん、……はい、いいよっ」

お顔に両手をつけてギュッと目をとじる。キティの動く気配に息をとめたら、ザパーッて頭からお湯をかけられる。

「ツプアー！　……はあはあ。ん、いいよっ」

ザパーッ。

「っプアー！　はあはあ」

「なるほど」

シャンプーハットの開発をおねがいせねば……！

ひっしで息をしてる僕を見て、セブランお兄様がなんかを納得してた。

「フラン」

「はぁー。……ん、なんでしょうか」

「こちらの大きい風呂に入りたいとは思っているのか？」

「うぐっ」

は、入りたい。入りたいけど、お父様と約束したし、僕がおぼれちゃったらキティたちが怒られるの知ってるんだもん。

前世を知らない僕だったら、きっとやらかしてたと思う。そんで、バッチリおぼれてキティたちがクビになるんだ……。

「が、がまんできます」

桶で体育座りして口のなかを噛む僕。

ぐぬぬ、とリセイをふくらませてたら、僕の桶のまえにもうひとつお湯の入った桶が置かれた。

お兄様がお湯から出てきて、そこに座った。

「セブランお兄様？」

「……うん、これもなかなか楽しいかもしれない。ただ肩が冷えるな」

「！　そう！　そうですっ肩ひんやり！」

桶のお風呂のダメなとこわかってくれる人があらわれた！　それがセブランお兄様だとは！

「あの、あのセブランお兄様、さむかったらこうしたらいいんですっ」

うれしくなった僕は桶にコロンとあおむけに寝てみせた。足がちょっとはみ出ちゃうから、お膝を曲げてぎゅっとする。そこにキティがお湯をゆっくりかけてくれる。これが桶のお風呂を全身でたのしむコツ！

「お、おお。……あー、フラン、お兄様は足がはみ出るどころか、体が桶にはまらない」

「あぁ～セブランお兄様は僕よりからだがおっきいから。あっじゃあ僕がお湯かけてあげますねっ」

せっかく桶風呂をたのしんでくれてるんだから、僕がセッタイしなくちゃ！

いそいそと桶からでてキティがくれたお鍋に大風呂からお湯をくむ。それをやさしくセブランお兄様にかけてあげた。

「お湯かげん、いかがですかぁ」

「ああ、とても気持ちいい。ありがとう」

「もっとかけますか？　かけますね！　まっててください！」

それから二回お湯をかけてあげたら、こんどはセブランお兄様が僕を桶にすわらせてお湯をかけてくれた。

「えへへ、セブランお兄様とお風呂にはいるとたのしいです！」

「そうだね、ボクも楽しいよ。大きなお風呂はもう少し我慢しておきなさい、お兄様がなんとかするから」

「？　はい！」

なんとかってなんだろ。僕の成長をねがってくれるとかかな。

でもいまはこの合宿みたいな、温泉みたいな、わいわいしてセブランお兄様と入るお風呂がたのしいや！

数日後、お風呂の工事してるなーって思ってたら、端っこに仕切りがつき、僕でも足がつくようにソコアゲされた場所がつくられた。

「あそこなら危なくないと、父様も許可なさったよ。また一緒に風呂に入ろうね」

セブランお兄様が言いにきてくれたけど、そんなこと言われたらガマンできない！

そのまま手をひっぱっていっしょにお風呂に入って思った。

肩があったかーい!!

†卵さがしとなぞのモヤモヤ

草の根わけても見つけてやる！　どこだ、どこだ……！

よつんばいになって庭園をゴソゴソ。

「あったあー!!」

テテーン！

木の根元にかくされていた絵つきの卵を両手で持ってたつ！

まわりにいるメイドさんからパチパチと拍手をされてご機嫌な僕、６歳。

「さすがぼっちゃま！」

「素晴らしい嗅覚、いえ捜査能力でございます！」

「えへへ」

前世を思い出したのに、なんかもう、卵さがしがたのしくてしょうがない。とくにかっこいい絵が描いてある卵を見つけたときなんか、もう、もう……っ。

このゲーム考えた人は天才じゃない？　えいえんに遊べるぞ。

見つけた卵はキティの持ってるカゴにいれると、夜にオムレツに進化するからしっかりいれておく。

「まだある？　まだ卵かくしてるっ？」

「まだまだございますよ。セブラン様がお描きになった卵もまだ発見されておりません」

「セブランお兄様の！」

それはいっこくもはやく見つけなければ！

しめーかんに燃える僕。さいきんセブランお兄様とはとっても仲よしで、セブランお兄様のお勉強がない時間はたくさん遊んでくれる。僕の考えたヒーローごっこにも付き合ってくれるよきお兄様なのだ。

「いってくる！」

「はい、御健闘をお祈りいたします」

「うん！」

バラがさいた庭園を小走りでさがしまわる。ときどきしゃがんでキョロキョロ。木の下だけじゃなくてうえも見て、とどかなかったらメイドさんに言うんだ。

「んーここはないなあ。……あれ？」

木の根元、トンネルみたいになってる。はじめて見た。

ペタとよつんばいになったら、落ち葉とか根っこに隠された青くてキレイな卵！

手をのばすけどとどかない。いったんペタンと地面にすわってちょっと考える。着てるお洋服を見下ろして、ちょっとひっぱってボタンとか刺繍《ししゅう》とかを見た。

「お洋服、よごれちゃうかな……」

でもあの卵がセブランお兄様のだったら、ぜったいとりたい。

スタート位置で待っててくれてるメイドさんをちらっと見る。

（うぅー……ごめんなさいっ）

こころのなかで謝罪して、フンっと気合いをいれる。よつんばいになってトンネルにもぞりと頭をいれた。ゴソゴソすすんでいくと、頭とかお顔に木の枝がさわってる感じ。

でももうちょいだ！

お尻がはいるまえまで突入したところで、卵がもう目のまえ。

「？」

卵の横に真っ黒なモヤモヤがある。僕の魔法の色黒バージョンみたい。魔力のかたまりだと思う。

それがモヤモヤ～と動いて卵に近づいたから、なんとなく手でペチン。ふわッとむさんしたけど、すぐモヤモヤが戻ってきた。

むむむ、ナマイキな。なにものだ。

ペシペシと叩《たた》いてたら、そのまま消えた。

「……」

い、いざ消したら、消してよかったのかどきどきしてきたけど、どうなのかな……

「フラン様？」

「はわぁ!?」

足元からキティの声。

「こちらを見ていらしたので、御用があるかとまいりました」

「あっあのね、なんでもないよ。お洋服汚れちゃうなって思っただけ～」

キティが近くにいると思ったら、安心したから青い卵をとる。黒いモヤモヤに狙われてたレア卵だ。キレイな空色に青と金色の線で模様が描いてある。これはセンスを感じる……セブランお兄様のじゃないかなっ。

そう思ったらうれしくなって、もう戻ろうとしたところで気づいた。

卵を持ってたら手がふさがってトンネルから出られない。

でもセブランお兄様のは離したくない。でも、でも……このまま出られなかったら、僕、ここに住むことになっちゃうんじゃ⁉

「キ、キティ！　キティ！」

「はい、ぼっちゃま」

「でられないの！　ひっぱって！　はやく！　こわいい‼」

「ぼっちゃま！」

足をひっぱられてズザザーッと引きずり出される僕。卵を抱きしめたまま半泣き。

キティがすぐに抱き上げてくれたのでホッとした。

「フラン様、そろそろランチのお時間でございます」

「ん。……あっ僕、砂だらけになっちゃった」

トンネルに入ってたのと、キティにひっぱってもらったおかげで、お洋服もお顔もよごれてる。近くにきた他のメイドさんが、頭についた葉っぱとかとってくれたけど、着替えることになった。

もっと卵さがししたかったけど、おなかも空《す》いたしね。


お部屋についたら、手をひろげて待機してるとキティたちがお洋服をとりかえてくれた。お顔も濡《ぬ》れた布で拭いてもらったのですっきり！

「キティ、僕はセブランお兄様の卵をみつけられた？」

食堂に向かいながらキティのカゴをそわそわ見ちゃう。四つ見つけたんだけど、どうかなぁ？　最後のがそうだと思ったけど、こたえ合わせまだだし……

「はい。こちらの青い卵ですね。とても品の良い出来でございます」

「やっぱり！　セブランお兄様はかっこいいものねっ」

「さようでございますね」

「やさしいし、かっこいいし、頭もいいんだよ！　かっこいいし！」

「はい」

セブランお兄様がいかにかっこいいかを強めに二回言う僕にニコニコするキティ。ニコニコしたまま壁際に立ち止まって頭を下げた。

「？」

「……フラン」

キティなにしてんのかなって、僕も立ち止まったらセブランお兄様が手で顔を押さえてすぐまえに立っていた。

「あ、セブランお兄様！　お兄様もランチですか？」

「あ、ああ、そうだよ」

コホンと咳払《せきばら》いをして、うなずくお兄様。

「食堂までともに行こうか。卵探しの話を聞かせておくれ」

「はいっ！　僕、ちゃあんとセブランお兄様の卵をみつけたんですよ！」

しかも、これがそう！　って確信を持ちましたしね！

手を繋《つな》いでくれたセブランお兄様に、ふんふん鼻息あらく僕の卵さがしの成果をご報告すると、「すごいな」って言って頭をなでてくれた。

見つけた卵はオムレツにしちゃうんだけど、セブランお兄様が絵を描いたやつは、乾かしてあとで飾ることにした。

そしたらお兄様が、「こんどはフランが描いて。ボクも欲しい」って言ってくれたから、明日は卵に絵を描くんだ！

†仲良くしたほうがしあわせって思う

皇子が遊びにきてる。

僕よりふたつ上でよくわが家にやってくる。今日も僕のお庭でわがもの顔でおイスにすわって、紅茶なんか飲んでる。

僕は皇子がにがて。だって将来帝国とたたかう勇者の仲間になって、僕をボコボコにするってわかってるもん。いまはコドモだけど、大きくなったらムッキムキになってすごく大きい盾を持って、僕の攻撃をぜんぶガードするんだよ。しかもその盾でどついてもくる。

盾はボーギョだけに使うべき……。いつもより大きく切ったアップルパイをもっぐもっぐする僕。

「フラン、悲しい顔をしてどうかした？　そんなときは幸せなことを思い出すといいよ。さあ、幸せなお話をしてごらん」

金色のキラキラヘアーがむちゃぶりしてくる。

前世を思い出したからじゃなくて、こういうこと言ってくるのもこまる。でもエラい人にはさからえない僕。一生けんめい、さいきんのしあわせなことを思い出す。

「んと、しあわせ……しあわせな、あっ！　このまえセブランお兄様とあわあわのお風呂にはいりました！」

「あわあわのお風呂……？」

「はい！　ブクブクのアワアワでお風呂からでたらスベスベですっ。セブランお兄様も僕のほっぺがスベスベになってかわいいねってゆってくれました！」

「ふうん……？　それが楽しかったの？」

めちゃくちゃフシギそうに見られた。

しあわせなお話してってゆったの皇子じゃん！　んもーかみ合わない！　カクサのせい？　僕より皇子はお金持ちだからこう？　持ってたフォークをギュムゥとにぎっちゃう。

たのしかったもん。セブランお兄様がぎゅっとしてくれて、ほっぺムニムニってしてくれて、しあわせだったもん。

「お、皇子さまもしてみてください。リオネル様とお風呂にはいったらきっとたのしいです」

リオネル様は皇子のお兄ちゃんの皇子さま。つぎの皇帝陛下になる人だけど、僕はあんまり会ったことない。ステファンお兄様とは仲良しって聞いたことはある。

そんで皇子を見たら、お顔がもう。アップルパイを刺したフォークからリンゴがこぼれて床に落ちたときくらいのゼツボウみ。

「……兄上はわたしとはお話にならない」

「んへぇ……」

地雷でしょうか……ごめんね皇子。

気まずい。もにもにとアップルパイを食べる僕と皇子。すごく気まずい。ちらっと皇子のシツジさんを見たけど、サッと目をそらされた。おたくの皇子なんだからフォローしてよぅ。

「フラン」

「ひぇい」

「……どうしたら兄上を風呂に誘えると思う？」

「んえ」

え、ふつうに言ったらだめなの？

僕、セブランお兄様のお部屋に行って、なにもご用事なさそうだったら「セブランお兄様、お風呂いーきましょー」「うん、いいよ」で行くんだけど。

「いきましょうじゃ、ダメ……？」

「わたしから話しかけたことは、ここ一年ほど、ない」

「な、なんで」

「母上に言われたからだ。兄上はわたしを嫌っているとも」

ああー……前世の歴史ドラマとかでよく見た。おとながよくやってるセイジとかマツリゴトのやつ。

「お話ししたらぶたれちゃいますか？」

「いや、兄上はそんなことはしない。母上も、さすがに……」

「じゃあお話ししたらいいんじゃ？？」

どんなルールのお話なの？

お話しできるのにねぇ、って皇子を見てたら、なんかフッと笑われた。

「たしかに、フランの言うとおりだな。嫌われていても話してみよう。わたしは兄上が好きなのだから」

「！　僕もっ。僕もお兄様たちがだいすき！　なので、いっつもゆってます。セブランお兄様は頭をなでてくれるしうれしくなりますっ」

「ははっそうか。撫《な》でられないまでも、話してくれたらわたしはそれで良いな」

「好きってゆうんですよっ、ワンチャンあるかもです！」

「わ、わんちゃ……？」

「がんばってください！　アップルパイあげますねっ！　オーエンブッシです！」

パっととなりを見てメイドさんにアップルパイを切ってもらう。新しいアップルパイのお皿を皇子にずずいとおしつけた。

なんかボーゼンとしてたけど、皇子はアップルパイを食べてくれた。

「……好きなどと言って嗤《わら》われないだろうか。いや、嗤われたらここに来てまたフランに幸せな話をしてもらえば良いか」

「さようですラファエル皇子！」

「リオネル様とお話しなさいませ！」

「ラファエル皇子のお気持ちが大切です！」

なんか皇子のおつきの人がヤイヤイ言い出したけど、だれもっ、だれも気づいてくれてない！　僕、おしりぬぐい係になってるっ。

「うぐぅ……っ」

口のなかを噛《か》みつつ、メイドさんにアップルパイをおかわりした。

数日後。卵さがしもあきて、庭園のブランコでゆらゆらしてたらステファンお兄様がやってきた。

「ステファンお兄様！」

ブランコからぴょいと飛びおりて待機。

ステファンお兄様はゆっくりやってくると、両手で僕の頭をなでまわしてきた！　お手てが大きいから僕のお顔もすっぽりです。

「フラン、フランは国の危機回避に一役かったぞ」

むにっとほっぺを挟まれた。タコさんのお口になっててたのしい！

「ぬぁんねふふぁ？」

なんですか？　って聞いたら、ステファンお兄様にひょいと抱っこされた。

「リオネル皇子とラファエル皇子の仲が改善した。リオネル皇子は心穏やかになり、皇后様もおよろこびだ」

「？　よかったですね」

「ああ、フランが助言したとラファエル皇子が言っていたらしいが、とても誇らしいことだ。偉いぞフラン」

「ふへへ」

なんのお話かわすれちゃったけど、ほめられてうれしい！

会うのひさしぶりだし、ステファンお兄様も騎士のお洋服じゃないから、いっしょに遊んでくれるかも！

「ステファンお兄様、きょうはおやすみですか？　あそんでくれますか？」

「ああ、そうしよう」

「わあい！　やったぁー!!」

ステファンお兄様と遊ぶのはすごい！　お相撲とかとってくれる。いっつも投げられちゃうけど、いたくなくて、ただひたすらたのしい！

早く早くとステファンお兄様からおりようとしたら、

「いやそのまえに」

「？」

「フランは私が好きか？」

「好きです！」

「そ、そうか」

変な顔してるけどお耳が赤いから怒ってないよね。

じゃあおりよう。おりてお相撲とろう！

わくわくしてステファンお兄様にトツゲキしたら、ふわっと抱っこされてクルクル～って回ってやさしく芝生《しばふ》におろされた。

いつもよりもっといたくない！　でもたのしい！

わー！　となってまたトツゲキしたら、こんどはタカイタカイされておろされた。

たのしいい!!

「ははっすごい顔をしてるな」

「お兄様！　お兄様！」

「はいはい」

「たのしいですっもっかい！　もっかい！」

「ああ、おいで。っお、フェイントとはやるな」

「ひぁあーつかまった！　ふぁあー！」

「フラン」

「はいっ」

「お兄様もフランが好きだよ、……それ！」

「ああ～やられたあ!!　もっかい！　お兄様もっかい！」

メイドさんがお茶ですよって呼びにくるまで僕はステファンお兄様にトツゲキしまくった。

†悪役が火を吹くとき

教会って眠くなる。

なんかありがたいお話っぽいのを、神官様が僕みたいな子どもにもわかりやすいように例え話にして教えてくれるけど、そもそもの尺がながい。僕みたいな子には三行が限界みたいです神官様。

三ヶ月に一回のちょっと大きい集会。

公爵家なのでお席は用意されてて、最前列にお父様、ステファンお兄様とつづいてセブランお兄様の左、いちばん端っこに僕がすわってる。

僕のまえにはそんなに偉くなさそうな神官さんが並んで立ってるし、眠っちゃだめなのわかってるけど、目が勝手にとじちゃうんです……僕の意思じゃないんです……

「フラン、もう少しだから頑張って」

「ぁい」

気づいたらウトウトしてセブランお兄様によりかかっちゃってた。

お目めに力をいれてむりやりひらくこと数回。やっと神官様のお話がおわった。

「フラン、終わったよ。歩ける？　おんぶしてあげようか」

「セブラン、フランなら私が抱いて行こう」

教会でお兄様たちがこんなに甘やかしてくれるの初めてだ。まえまでは「歩ける？」って言ってお手てを繋《つな》いでくれるくらいだったのになぁ。

にへっと顔がゆるんじゃう。

「どうしたフラン！　気合いだ！　歩くと目が覚めるぞ！」

お父様の声が大きすぎてビクッとした。お父様は声帯の調節ツマミがこわれてるのかな？　ってくらい大声でお話する。熱血な人なんだ。

ビクッとしたおかげで目が覚めたので、ステファンお兄様とセブランお兄様に片方ずつ手を繋いでもらうというレアなポジションで出口にむかった。

「フラン、父と兄たちは寄付をしてくる！　しばらく待つのだ！　がんばれ！」

「はい。いってらっしゃいませ、お父様、お兄様」

「うむ！」

「行ってくる」

「すぐ戻るからね」

教会のまえにつけたわが家のご自慢な馬車に乗せてもらって、その場で留守番することになった。

僕はまだちいさいから、教会の奥までは連れていってもらえない。キフはだいじなお話だからね、時間かかるだろうなぁ。

（ひま！）

うちの馬車はおっきくて立派なんだけど、遊び道具は置いてないからお外を見るしかない。

お向かいの席にキティはのってて、たまにカゴからクッキーをくれるのが救いだ。いっぱいはくれない。お家に帰ったらランチの時間だから出し渋られてる。僕のおなか事情を僕より知ってるキティなのだ。

「キティ、外のみんながこっちを見てるよ」

「トリアイナ家の馬車がどこよりも立派だからでございましょう」

「キティ、子どもたちがいっこずつ馬車にからんでるよ」

「スラムから来た物乞いの子どもたちでございますね」

「あっもうすぐ僕らのとこにくる」

「お恵みなさいますか？」

うーん、あげたいけど僕にあげられるものがない。お金はあいかわらず持ってないし……。

「なにあげたらいいの？」

「いるのは子どものようですので、こちらのクッキーでよろしいかと」

んん。カゴの中のクッキーはいっぱいあるから、いいかな。

「ん、あげる」

「かしこまりました。馬車からは降りず、窓からお恵みくださいい。ただいま開けますのでお待ちください」

キティが馬車の窓をガタガタとあけてるあいだに、子どもたちが寄ってきた。

「貴族さま！」

「貴族さま！　おめぐみください」

「おめぐみください！」

お、思ったより寄ってきた子の数がおおいぃ……。窓の下から伸びてくる手とかちょっとホラー味がある。馬車をさわったり叩《たた》いたりはしないから、おばけよりはちゃんとしてる。

「あげるからまってててね、ならんでね」

窓から顔を出して、キティの持ってるカゴからクッキーを一人ずつ手渡す。頭上から渡すことになるし、並んでって言ったけど並んでくれなくて、窓の下にごそっといるから、どの人にあげたかわからなくなってきちゃった。

「え、きみにはさっきあげたんじゃ……？」

「もらってません！　おめぐみください！」

「あ、うん。……あっ、となりの子！　いまのはとなりの子の」

「おめぐみください貴族さま！」

「おめぐみください貴族さま！」

「おめぐみください貴族さま！」

「ひぇ」

なんかの訓練でもされてるのってくらい声揃《そろ》えてくるのこわ……。言ってるのは僕より少し年上の人たちで、僕よりちっちゃい子もいるけど、ちっちゃいから頭しか見えない。

「ちっちゃい子はクッキーもらえた？」

「おめぐみください貴族さま！」

いちばんまえの人に聞いたのにこれ。なんなの。調子の悪いＡＩかなんかなの。

「んもーっ聞いて！　ちっちゃい子には」

「おめぐみください貴族さ」

「わかっ、ちょっとまっ、んうう……っもう！　もう!!　みんな魔法でお眠にしてやろうか！」

んぁあああ！　よくがまんしたよ！　僕は悪役貴族なんだからね！　わがまま貴族の僕がよくたえ

たほうだよ！

けど、もうむり！

扉についたセーフティみたいのをはずして外に出た。

「なりませんっぼっちゃま！」

キティが慌ててるけど、でちゃった僕。

ぴょんと馬車から飛びおりた僕に、スラムの子もちょっと引いてる。

キッとにらんでずんずん歩く。

「はい、これを食べてっ！　おいしいよ！」

「えっ、ぁ……」

僕よりちいちゃい子にクッキーを直接あげる。受けとったのに食べないから、もう一枚あげる。

「そっちの子もっ」

うしろについてくれたキティのカゴから、クッキーをとって、ちっちゃい子メインに渡していく。

僕は悪役だからね！　サベツもしちゃうんだからね！

そうしてたら、気をとりなおした年上の子がまた「おめぐみ」と発したので、んぎぎィ！　きみにはぜったいあげたもん！　とふり返ったらヘッドロックされてた。

「悪《わり》ィ、躾《しつけ》ができてなかった」

「カツアゲくん！」

カツアゲくん！　カツアゲくんじゃん！

男の子にヘッドロックかけてたのは、僕のおともだち、カツ……ちがう、ええと、

「トレーズだ！」

「そうそう、トレーズ。なにしてるの？」

「こいつらの見張りしてんだよ。やばかったから仲裁役に来た。……遅くなって悪かったな」

「いいよ！」

トレーズがきたらみんな良い子になった。おしゃべりもしない。

「おまえら！　迷惑かけたからもう帰るぞ！」

お、おお……下っ端と思ってたトレーズがエラい人の感じをかもしてる。スラムの子たちも馬車からはなれて帰っていくっぽい。

ちっちゃい子がふり返ってバイバイしてきたので、バイバイして返す。世界がちがっても、これはいっしょだなぁ。

「おい」

「あ、トレーズもクッキー欲しいよね、あるよ～」

「違《ちげ》ぇよ。……服は用意できた、いつでも来い。……じゃあな！」

服！　そうだった！　僕、街をごあんないしてもらう予定だったんだ！　小声でゆわれて思い出せた……トレーズはデキル男かもしれないね。

「ぼっちゃま、無事でようございました……」

見送ってたらキティに抱きしめられた。約束やぶっちゃったな……。

「キティ、ごめんなさい」

ぎゅっとしかえしたら、なんかでっかいお手てに頭をガシッとつかまれた。

「反省したか！　よし！　懺悔室《ざんげ》へ行くぞ！」

「ひわぁっ、おと、お父様!?」

怒ってもないけど、やらなくてはな！　のお顔のお父様。

「フラン、大人しく待っててと言ったのに」

「懺悔室のまえで待ってるからね」

いつから見られてたのかわかんないけど、馬車のお外にいたらアウトだよね！

お父様に僕は人生初の懺悔室でごめんなさいをした。カーテンの奥からは「許します」って言われたのに、お家に帰ったらお父様からアップルパイ一日禁止令が出た。

（し、しかたない、しかたな……うぐぅっ）

僕は悪役をやめる決意を新たにしたのだった。

†外に出てみたけど、まだよくわからない

カツアゲくんことトレーズが僕のお洋服を用意してくれた。

となれば、行かないわけにはいかない。

「うぐぐ……」

別棟の階段下にある物置き。ここの奥の隠し通路が最大のナンカンだ。金色のノブを引くと真っ暗。奥になんにも見えないし、永遠につづいてたりしてそう……途中でおばけいたらどうしよう。いつもいないのに、今日はいるかもしれない。

「こわいぃ……」

扉にひしっと抱きついてへふへふと息を吐く。

でも、でもここはゲームで勇者が使って僕のお家に侵入した道だから、ぜったいにお外に繋《つな》がってるんだ。ゲームでやったもん。前世で！　お昼の時間に！

ぜんぜん足がうごかないけど、いかなくちゃ。トレーズががんばってお洋服の用意してくれたんだ……きっとまたお外で待っててくれてるんだよ。

「い、いこう」

こわいから物置きの扉はあけたまま、壁にお手てをつけてそろそろと歩く。ちょっと行ってふり返ると思ったより物置きが遠くなってて「ひぇ」となる。

「まがりかど……」

隠し通路はすこしグネグネしてるから角とかある。いつもここで曲がるのがこわくて目をぎゅっと

つむって、お手てをばたばたさせて、曲がりきったのを確認。

うすーく目をあけるともう僕のまわりぜんぶが真っ暗。

すぐ目をつむって、ダッシュする。ここからハシゴのところまでまっすぐ。なんにも見ないようにして走ってると、パタパタパタパタパタ……ッて音がひびく。

(僕の走ってる音だもん……！)

僕以外いないもん……！　だいじょうぶって一生けんめい思うんだけど、ちがったら……？　僕以外いたら……

「わぁあん！　こわいよぉお……っぁう！」

びゃー！　と夢中で走ってたらドムッと木戸にぶつかったので、必死であけてすぐ閉める。

薄暗い小部屋にあるハシゴを鼻水をすすりながらのぼって、天井の板をえいってした、教会の机の下に出た。

「へぅ……っ、んく、えぅ……っ」

毎回。毎回こう。なんでなの、なんで灯《あか》りつけなかったの……！

三回きたけど三回とも思ったやつ。

とぼとぼ歩いて、教会の出入り口をあけたらお昼の明るさ。

そのなかにいるのは、

「トレーズくん！」

「おう、来たな」

やっぱりいた！　うれしい！

気持ちのまま走ってトレーズくんにタックル。

「すごいね！　いつもぐーぜんだね！」

「そうだな。フランはいつも号泣後だな」

「えへへ」

トレーズくんがほっぺの涙をふいてくれるのがちょっと恥ずかしい。でもしかたないよ。隠し通路はこわいもん。お外に出ればとまるけどね！

僕がニコニコしてたら、トレーズくんが横においてたねずみ色のお洋服を見せた。

「着替えんだろ。ほらこれ」

「ヘンソウするやつっ」

「そう、変装しないとな。教会に戻ってなかで着替えてみようぜ」

「うん！」

わくわくするね！

トレーズくんと教会でお着替え。さっそく僕は両手をひろげて待機。その僕を見て、おもしろそうに笑ってるトレーズくん。

「相変わらずひとりじゃ着替えらんねぇのか」

「うん」

「はあーったく、ちょっと待ってろ。あ？　これどうなってんだ……？」

ぶつぶつ言いつつやってくれる。とても良い人だよね！

そういえばスラムの子のお世話もしてるっぽいもんね。みんな言うこと聞いてたのはすごかったなぁ。

「トレーズくんは、みんなのお兄様なの？」

「なんだこの紐《ひも》……あ？　ああ、ボスに言って仕事もらってんだよ。とりあえず、ガキどもの世話と見張りだ」

なんと。トレーズくん10歳くらいなのにエラいなぁ！　僕、前世で17歳のときしてたバイトめんどかったもん。

エラいなぁって気持ちが顔に出て口がわぁって開いちゃったんだけど、それを見てトレーズくんは笑った。

「なんて顔してんだよ」

「だってまだトレーズくんも子どもなのに、すごくえらいよ？」

「……目標があるからな。おら、バンザイしろ」

シャツとパンツだけになったとこに、うえからスポってねずみ色の服を着せてもらった。それからローブのフードかぶせてパーカーみたいにして、顎のところをヒモでキュムッとしたら出来上がり！

一歩うしろに行って、じっくり見て、僕の仕上がりにうなずくトレーズくん。

「顔も隠れていい感じだな！」

「ほんと！　トレーズくんありがとう！」

「おう。着てた服は椅子の下に隠しとくぞ。……気になってんだけど、なんでオレの名前にくんつけてんだ？　前までトレーズって言ってたよな」

「……あ、ほんとだ」

なんでかな？　ってふたりで首をかしげた。うーん。

「あ。たぶんカツアゲくんとトレーズが混ざって、トレーズくんになったんだよ」

「カツアゲくんの名残りか！」

「トレーズくんでいーい？」

「ぐっ……いいよ」

「うん！　ありがとうトレーズくん！」

トレーズくんははぁ、とため息をついて手を差し出してきた。よくわからないけど、にぎり返す僕。

正解だったみたいで、お手てをつないで教会のお外に出た。

「今日は〝試し〟だ。あんまり遅くなってもフランの家のやつらが心配するだろ？　街を見たら戻るからな」

「はーい」

トレーズくんの言うとおり、本当はいまは僕のお昼寝の時間。キティもほかのメイドさんも、僕がお部屋で寝てると思ってるけど、いないってわかったら心配されちゃう。

教会は街と森の、やや森側にたってた。道はあるけどだれも歩いてない。ここに教会があることも知らないかも。

「森にはたまに魔物が出る。ひとりで歩くなよ」

「ま、魔物」

前世の〝僕〟はゲームでビシビシたおしてたけど、僕は生まれてから見たことない……魔物ってきくとこわいなって思っちゃう。

トレーズくんの手をきゅうとにぎる。気づいたトレーズくんが頭をポンポンなでてくれた。

「そんなに強《つえ》ぇのはいないけどな、念のため。オレも仕事してなかったら、ここらの魔物狩って生活してたかもしれねー。そんでいずれは冒険者とかな」

ハハッて笑ってるけど、冒険者なんてケガいっぱいするし、危ない。し、しん、しんじゃうかもしれない。

「だ、ダメだよ、危ないよ！　お仕事なかったら僕がやとうからっ。危ないことしたらダメなんだよ！」

「……。わかった、冒険者にはならねーよ。金なかったらフランに仕事もらうわ」

トレーズくんがケガするのを想像して涙目になってたら抱っこしてくれた。

それで街のはじっこから、ちょっと街の様子を見てリターン。

街を見たら人がいっぱいで、すごく栄えてるのがわかった。亜人みたいな人もいて、はじめて見た
僕はトレーズくんに興奮して報告した。

教会にもどったら、またお着替え。

「つよし、これで元通りだな」

「うん！　ありがとう！」

「おう。……じゃあな」

「またね！」

ポンと僕の頭をなでて教会を出ていくトレーズくん。

うしろ姿がなかなかかっこいい。

（今日はたのしかった！）

…………さて、僕はまた地獄の道を通らなくちゃ。……き、気合いだ！

†使用人さんに全力サポートされてる

ふたりのお兄様がぞんぶんに遊んでくれるし、魔法のお勉強もすすんでる。剣術は変わらず泥んこになるけど楽しい。

じゅうじつした日々のなか、今日は木製の馬にまたがってひとりで戦争ごっこしてる。

「んはっはっはー！　つよい僕がきたぞぉー！　んははははは……は……、」

シャレにならないやつだった。

ごっこじゃない。勇者が戦争して悪を斬る、そのなかのひとりになるのに高笑いしてる場合じゃない。

お庭にたたずむ僕、６歳。

未来の悪役でボコボコ要員……。お兄様たちとは仲良しで、脱出経路もわかったけど、トリアイナ家でいちばん弱いのは僕。それは変わってないし、勇者もどこで何してるのか知らないし。

「ぼっちゃま、いかがなさいましたか」

「キティ……」

「はい」

「この世はムジョーだね……」

芝生《しばふ》にドサリ……てたおれる。立ってる気力もないよ……。

「！　ぼっちゃまのおなかが限界です！　総員、ティーの準備！」

「はっ」

キティに小包みたいに脇に抱えられてるうちに、お茶の準備ができてく。僕は僕の未来に目がうつろになってくのがわかった。

なんだかとっても悲しい気持ち……。

体勢が変わったなって思ったらおイスにすわってた。ナプキンを首に結ばれてると、ガラガララッてすごい音が聞こえてワゴンが到着。あ、シェフ、と思ったらもう目のまえにアップルパイ！

「アップルパイだ！」

「ぼっちゃま、本日のパイでございます」

「うん！　わぁい！　いただきますっ」

ナイフで切ったら甘くていい香り！

「んぅう！　おいしい！」

お口の中でもぐもぐしてると甘くておいしいシロップの味がする。ちょっと冷めてるけど、食べやすいからどんどん食べちゃう。半分まで食べたらフォークをおいて、ほっぺに両手をあてる。ごっくんしたら、おいしくてホゥ……って息がでちゃう。

そこからはゆっくり食べてひとつ食べきったら、おかわり！　ってメイドさんを見たら横からニコニコ顔のシェフが見切れてきた。

「ぼっちゃま、本日のお味はいかがでしょうか」

「ん？　んんん――……あっ、アップルパイじゃない！　すっぱい！」

んもぉお！　またやった！　リンゴ以外のやつをどうして作るのかなっ。そんで毎回それを一個目に出すのはなんなの？　こっちはおなかすいてるし、おいしいから食べちゃうんだぞ！

「はい、本日はチェリーパイでして」

「新しいのつく、っは！」

ハッとして両手で自分のお口をふさいだ。

僕、良い子になるんだった！　あぶないあぶない……またワガママ言っちゃうところだった。

「はいっ今すぐ！　……っあれ？　ぼっちゃま、ご命令は」

走りだそうとしてシェフが立ち止まって僕を見てる。わかる、わかるよ、いつも全力で走ってって言ってるもんね。

「……いいの」

「ど、どうされましたぼっちゃま。新しいアップルパイは焼いてございますよ、そろそろ焼き上がって落ち着かせ終わった頃合いにございます」

「新しいのはみ、みんなで食べて」

「ぼっちゃま⁉　どこかお悪いので⁉」

めちゃくちゃ心配してくれるけど、心配の仕方がシツレーイ！

僕だって食べたいけどがまんできる子だ！　ほんとは夜食べるからとっといてって言いたいけどゆわない……たえるっ！

僕はふたつめの赤いアップルパイを切ってお口にいれた。

お口のなかはちょっとすっぱいけど、甘くてサクサクでおいしい。

なぜか芝生に手をついて「ぉぉぉぉ……」とか唸《うな》ってるシェフ。こわい。

「あのね」

「は、はい、ぼっちゃま」

「赤いの、すっぱいけどおいしいよ」

「さ！　さようでございますかっ！」

「うん。それでね、今日は赤いの食べるから、明日はふつうのアップルパイつくってね」

「つかしこまりました……！」

鼻をずーってしてシェフが敬礼してきた。

泣くほど？　僕がわがまま言わなかったのが泣くほど？

シェフのなぞのコダワリを受けとめた僕は、きのうよりちょっとだけ良い子になったと思ったのだった。


おなかいっぱいになった僕は、お部屋に向かって歩いていた。

僕のお家はとっても大きいから、広い。広すぎる。

歩いても歩いても、お部屋につかないんじゃないかって気持ちになっちゃう。いまもそう。キティに運んでほしいけど、いつもの運びかただとおなかが苦しくなっちゃうからな～。

こんなおなかいっぱいなのに。もう歩けない気がしてきた。

立ち止まって下を見たら、足元の絨毯《じゅうたん》はふっかふか。

「…………」

……ここでいいかな。

「フランぼっちゃま」

「ひぇい！」

ふり返ったらお父様のシツジがいた。ムキムキのお父様とおんなじでムキムキシツジ。

うしろについいてくれたメイドさんもシツジには頭をさげてる。エラい人なんだよね。

「お眠でございますか。フラフラとなさっておりましたが」

「み、みてたの」

「はい。しばらく後ろから拝見しておりました」

気配けすのやめてよぉ。

「お部屋までお連れいたしましょうか」

う……ムキムキさんに抱っこされるのは硬くてちょっとにがて。お父様もカッチカチでむむっとなる。……でも眠たさがもう、もう……っ。

気づいたらふらふら～とシツジのとこに行ってた。お手てがかってに抱っこのポーズになっちゃう。

「おねがいします」

「はい、かしこまりました」

もう半分意識がないまま、シツジに抱っこされたら、そのまま寝ちゃったみたい。

そんでベッドでぐっすり夕方まで寝てた。

使用人の人にはとてもお世話になってるな……と思う僕なのでした。

閑話　まわりの人たち

Akuyaku no Goreisoku no Dounikashitai Nichijyo

トリアイナ家に勤めて二十六年、料理長を拝命して四年になります。

私は今から六年前、トリアイナ家三男としてお生まれになったフラン様の担当になりました。その瞬間はああ、出世街道から外れたな、とやや落ち込んだものの、乳幼児のための料理研究はおもしろそうだと思ったのが正直な感想です。

フラン様は大変な偏食家であらせられ、ミルクを卒業してからのお食事には頭を抱えました。

「やーん」

「フラン、食べねば飢えて死ぬぞ！」

「ふぇっ……やぁあああ」

旦那様が宥《なだ》めても相手は幼児。いやいやとテーブルに伏せるちいさな頭をおろおろして見る巨体の旦那様。使用人のみなが応援したのを覚えています。

フラン様は肉類をはじめ、果物や野菜であっても召し上がるものと、一口だけで以後はまったく召し上がらないものがあります。

おちいさいフラン様がお食事を召し上がらないことは深刻で、何が原因なのか、一刻もはやく解明しなければ危ないとまで言われ、当時の料理長とともに試行錯誤を繰り返す日々。

焦る私がいろいろとご膳に並べる中で唯一、安定して召し上がるものがリンゴでした。私は日夜リンゴをすり、出汁《だし》で煮、ときには肉や野菜を挟み、なんとかフラン様に栄養をと考えつづけました。

「くちゃいよぅ……」

あるとき、リンゴに挟んでお出ししたホーンブルのお肉料理を一口召し上がったフラン様は、シクシク泣きながら口に入れたお料理を飲み込まれました。

そのときやっと偏食の原因がわかりました。おそらくフラン様は魔物の肉がお嫌いなのだと。

魔物肉はこの国では家畜化させて一般的によく食べられます。栄養価が高く、内包する魔力を取り込める優秀な食材だからです。果実類も魔物の住む森から採られるものが多く、魔物の魔力に触れられているでしょう。

それとくらべ、リンゴはこのお屋敷で育てられていて、魔物などがよる隙はありません。

その日からはさらに研究の日々がつづきます。なぜなら魔力を含む魔物肉は、魔法をお使いになる貴族にとっては欠かせないもので、食べなければ魔力が増えないと言われているからです。

どうにか召し上がっていただこうと、苦肉の策として実行したのがアップルパイ偽装作戦でした。

フラン様はとても素直で、アップルパイの形を成して甘くしていれば中味を確認せずに一口二口は召し上がってくださいます。お口に入れたものは飲み込んでくださるので、私は森で採れた果実を加工しアップルパイに見せかけて、フラン様のお腹《なか》がいちばん空《す》くお茶の時間にお出しすることにしました。

作戦は成功し、お食事のたびに幼児とは思えないシワを眉間に作っていたフラン様はニコニコしてアップルパイをご所望になりました。

「おいしいねぇ！」

両手をまぁるい頬に当てて召し上がるフラン様に良心がシクシクいたみますが、おかげで少しずつふつうのお食事が可能になり、みながホッとしました。

この成果が評価され、フラン様が二歳のときに前料理長から長の役職を継ぐものの、フラン様が最もお好きなお茶の時間は職務を部下に任せてお側《そば》に仕えています。

「ぼっちゃま、本日のお味はいかがでしょうか」

今日もベリーとハーブのパイをご機嫌に召し上がるフラン様。二ピースも召し上がれば充分です。

私の問いかけに、わざわざ一口をまたお口に入れてよくよく味わってくださり、ごくんと飲み込んで少々考えてハッとされます。

「……あ！　アップルパイじゃない！　んもぉおおお！」

私のお茶の時間でおこなう大切なお仕事。それは頑張ってフラン様の大好きなアップルパイを全速力でお持ちすることなのです。

＊＊＊＊＊＊＊＊＊＊＊＊

末っ子のフランが生まれたとき、母は覚悟していたのだと思う。

予想のとおり、フランは母親を知らずに育てられた。

専属のメイドとして、父上の部下であり騎士団にいたキティという女性がつくと聞いたが、そのときも私は興味を持たなかった。

フランが三歳になるころ、私は騎士見習いと嫡男としての勉強を掛け持ちするようになり、ほとんど弟の顔も知らないでいた。

ひさしぶりにとる休みの日。ここぞとばかりに昼寝をしたあと、体を動かそうと外にむかう途中、メイド衆に会った。

階段の中腹に五、六人のメイドが立ち尽くしている。

「何をしている？」

階上から声をかけると、メイドらの立つ中央、階段の中腹に小包が置かれていた。

「なんだそれは。邪魔だぞ？」

「ステファン様、申し訳ございません」

謝るまえにこの小包を退《ど》かせばよいのでは、と視線を落として気づいた。

「……フランか？」

「はい」

冬の日に手を温めるように蹲《うずくま》って寝る猫、まさにそのままの姿勢で、我が弟フランが、階段のステップの幅ピッタリに眠っていた。

そろそろ三歳になると思ったが、何をどうするとここで寝ることになるのか。

やたらと体つきのよいメイドに視線をやると、うっすらと頭を下げて事情を話したが理解できなかった。

「お外でかけっこをされてお疲れになられたようで、お部屋に戻るところだったのですが……絨毯《じゅうたん》がふかふかだとおっしゃいまして、ここで一度寝る、起きたらお部屋まで行くと宣言なさり、このようにお休みになられました」

「……抱えて部屋まで運びなさい」

そのまま外に出たのでどのように運ばれたのかは不明だが、なんにせよ変わった子だと思った。

それからも稀《まれ》に、廊下、扉の前、階段のいちばん上などで眠るフランを見かけたが、起きているフランを見かけたのは陽《ひ》だまりの庭園。

テーブルについたフランが腕を振り上げてなにやら興奮していた。

廊下の窓を開けると、

「んもぉおおお！　走って！　すぐ！　ダッシュ！」

シェフを追い立てているようだった。シェフが厨房《ちゅうぼう》へ駆け込む間に、テーブルの上のパイを食べている。何が気に入らなかったのだろうか……もりもり食べているようだが。

私の弟は癇癪《かんしゃく》持ちなのかもしれない。

フランが五歳になり、剣術の教師がついたらしい。癇癪持ちに剣術は良い訓練になるかもしれない。精神の統一が重要な武術だから。

そのころ私は騎士団に出入りするようになり、いよいよ家にいる時間が少なくなった。

公爵家という身分ではあるが、戦で武功をあげるのが良しとされる国だ。訓練はきびしいものだった。

へとへとになって家に戻ると、昼の訓練場から子供の声。

なんとなく部屋への遠回りだがそちらを見に行く。

「んぁあぁ～！」

ゴロゴロゴロ！　と土の上を転がるフラン。

向かいに立つ剣術の老齢教師はそれを見て笑っていた。

「ほっほっ！　まだまだですなぁ」

「もっかい！　……んぇえい！」

「ほれ」

カン！

フランの持つ剣を師の剣がからかうように払うと、

「んぁ～！」

ゴロゴロ！　とそんな衝撃もないだろうに転がっている。あれは……自ら転がってるな。

「……くう！　今日はこのへんにしてください！」

「はい、かしこまりました。きちんとお風呂に入りなさいよ」

……どんな授業をしているのか。

唖然《あぜん》として見ているのを、フランに気づかれた。私を見て手をぶんぶんと振っている。……どう反応したら？　次男のセブランはあんな激しい動きはしなかった。

たたっと駆け寄ってくる泥だらけの末っ子。

「ステファンお兄様！」

「ああ」

「僕、しゅぎょーしてました！」

「あ、ああ……風呂に行きなさい、土を落とさなければ」

「はいっ」

そう言ったあと、体つきが大きいメイドの片腕に担がれる我が弟。

そのまま抵抗もせずに運ばれていくのを見て、私はなぜか痛んだこめかみをもんだ。

……弟との付き合い方は難しそうだな、とそのときの私は思っていたのだった。

†お兄様たちのすごいアイテム

僕のお家《うち》はお庭も広い。丘だってある。お庭に丘。

ここまでくるのに馬車とか使っちゃうやつ。

「ずんってして！　ずんってして！」

「はい、ぼっちゃま」

僕がのった木箱がずずん、とキティに押される。すごいスピードで丘を滑るスリルがすごい！

「ひゃぁあー！」

木箱が芝生《しばふ》をゾムムム……ッと滑って停止。

僕はいそいで木箱をおりて、木箱を引きずって丘のうえまでもどって、すぐに搭乗。

「ずんってして！　ずんってして！」

「はい、ぼっちゃま」

「ひゃぁあ～！」

僕のお家のなかにある丘は滑るのにもってこいで、最近はまってる。ブームというやつ。ずっと滑ってられるけど、今日はもういい。

「はぁはぁ。キティ、セブランお兄様はまだこない？」

「はい。お約束のお時間になりますので、もうすぐかと」

「用意しなくちゃ！」

お気に入りの木箱を丘のうえに片づける。今日もありがとう相棒、かっこよかったぞ！　心でほめて、背中を向けた。

丘でもたいらっぽいところに、ティーセットがセッティングされていく。テーブルも持ってきたし、おイスもふたつ。

今日はセブランお兄様とピクニック（自宅）のお約束をしたんだ。僕が丘にはまってるって聞いたセブランお兄様が「そこでお昼を一緒に食べよう」って言ってくれたから！

シェフがアップルパイと、パンにお肉をのせたピンチョスを作ってくれて、それをメイドさんたちがキレイに並べていく。

僕ひとりでお茶の時間をするよりカラフル……おいしそう！

僕はテーブルのうえを真面目な顔をしてチェックする係。ぐるーっと一周して、うむ、とうなずいた。そしてシェフとキティをちらっと見ると、ふたりもうむ、としたのできっと準備はカンペキだ。

「はやくセブランお兄様こないかな」

僕は、僕がのってきた屋根がない馬車の近くでソワソワして待つ。ここからお家が見えるけど、まだお兄様の馬車は出発してないみたいだ。

そわそわ。そわそわ。

「……あ！　あれ！　セブランお兄様の馬車っ？」

「さようでございますね」

「わぁっきた！　きたよ！　キンチョーするねぇ！」

僕とセブランお兄様と初めてのピクニックだ。ドキドキする。

屋敷から発車した馬車がどんどん近づいてきて、のってる人の顔もわかるようになってきた。二台あって前のにセブランお兄様がのってる。

馬車が停まったら中からセブランお兄様がおりてきた！

「セブランお兄様っ！」

我慢できなくてお名前を呼んだら、手をあげてくれた。

うれしい！　走ってお迎えに行きたいけどここはグッとたえる。

セブランお兄様はゆっくり歩いてきて、

「待たせたかな。準備をしてくれたんだね、ありがとう」

そう言って頭をなでてくれた。

「ふへへっ……ふへへへ……」

お家で褒められるのとなんか感覚がちがう。なんか、なんか……照れちゃう。

「ボクもお茶を持ってきたんだ。ボクが気に入っている銘のものだけど、フランにぜひ飲んでみてほしくて」

「ありがとうございますっ。キティ、セブランお兄様がお茶をくれたよっお気に入りなんだって！」

「ようございましたね」

「ふへ、ふへへ」

照れ照れしてたら、セブランお兄様が手を繋《つな》いでくれてテーブルまで一緒にきてくれた。おむかいじゃなくて、ななめのおとなりにセブランお兄様。近くてたくさんお話できるから、メイドさんにそうしてってお願いしたんだ。

「これがフランの好きなメニューかい？」

「はい！　でもいつもよりキレイです。シェフががんばりました！」

「ふふ、そうなの？　今日はフランの好きなものでいっぱいなんだね」

「はい！　アップルパイもセブランお兄様もだいすきです！」

「そ、う。ボクもフランが大好きだよ」

「えへへ」

セブランお兄様はかっこいい。さわやかで、すごい！

「ああ、紅茶が入ったね。それがボクのおすすめ、少しだけショコラみたいな風味があるんだよ」

「ショコラ……！」

チョコレートは貴重であんまり食べたことない。公爵家っていうエラい人の子でもこういうことがあるんだね。前世を思い出してからはチョコレートのおいしさをしっかり知ってるから、これは期待がたかまります。ふーふーってして、一口ごくん。

「……？　あっ、のんだあとがショコラ！　おいしい！　ふしぎ！」

「ふふっ面白い味だよね」

ふつうのチョコレートじゃないけど、飲んだら紅茶だけど、そのあとのお鼻はチョコ食べたあとって感じだ！　すごい！　はじめて飲んだ！

「すごいです！　セブランお兄様なんでも知ってる！　すごいっ」

「なんでもということはないよ。紅茶は騎士見習いに行く先の先生のところで見つけたんだ」

セブランお兄様は今年から騎士のお勉強をしに、たまにお出かけすることになった。お父様のおともだちのすごい騎士が先生になるんだって。

ステファンお兄様もそうだけど、セブランお兄様がいつもお家にいてくれなくなるのは、さみしい……でも応援しなきゃいけないやつ……ぐぬ、と下唇をかんで眉間にシワをつくっちゃう僕。

「どうしたの、変な顔をしているよ。フランの可愛《かわい》い顔が台無しだ」

「……ぃ」

「うん？」

「セブランお兄様がいなくてさみしいです」

「フラン……」

「でもがんばるので！　お泊《とま》りにいくときは言ってください、心の準備うんどうします！」

「準備運動？」

「いっぱい疲れたらすぐ寝ちゃうから、すぐ明日になる作戦です」

「なるほど」

寝たら明日が早くくるってことに気づいてしまった。だから夜とかさみしくない！

セブランお兄様もステファンお兄様もいなくて、お父様もいないときとか「あー！」ってなるけど、この作戦で乗りきってるこのごろの僕です。

僕の天才作戦を聞いてたセブランお兄様が首に巻いてたおリボンのネクタイをスルスルととった。

それでなんかブツブツブツ〜って魔法使ってる。

「？」

「……。はい、できた」

ニッコリしたセブランお兄様がそのおリボンを差し出してきた。なんだかわからないけど受けとる。

緑色のおリボンはツヤツヤしてとってもきれい！

「そのリボンによい夢が見られる魔法をかけたんだ。ぬいぐるみにでも付けて一緒に寝てごらん。二週間くらいはもつかな」

ゆ、優秀ぅ！

僕のお兄様がすごい！　僕、そんなかっこいい魔法使えないからソンケーするしかない！

「ありがとうございますセブランお兄様！」

「うん、泊りのときは言うね」

「はいっ！」

わーい！　すごいアイテムを手にいれたぞぅ！

はやく使いたいけど、セブランお兄様のお泊りが遠い日ならいいなっとも思う複雑な心境だけど、

「えへへ、セブランお兄様のプレゼントだ」

結果うれしいが勝つのでした！

「んふっふっ」

狼《おおかみ》のぬいぐるみにおリボンをつける。狼の首のほうが太いからしっぽに巻いてあげた。

セブランお兄様からもらった緑色のおリボンがつやつやだ。

「かっこいい……」

ぬいぐるみの顔がリアルで、お父様からもらったときはちびってしまったが、セブランお兄様のおリボンしてるとかっこいいしやさしく見える。とても頼れそうな狼だ。

今日はみんなお家にいるけど、このおリボンの魔法を試したくてさっそくいっしょに眠ります。

「いい夢見せてね」

枕に頭をのせてる狼の顔をなでて、目をつむった。


「フラン、背が高くなったね！」

「私よりも大きいぞ。最強だな」

セブランお兄様とステファンお兄様がほめてくれる。

僕がうれしくなってジャンプしたらお家がゆれた。僕はお城とおなじ大きさだからしかたないね！

「んはっはっはぁ〜！　僕がお兄様たちを守ってあげるぞお〜」

体が大きいからか声も大きくてゆっくり。

僕を見上げるお兄様たちがパチパチと拍手してくれるのがすっごくうれしい！

「悪の貴族め！」

「えっ!?」

「この勇者が帝国の、いや世界の平和をとりもどす！」

勇者があらわれた！

皇子のガード！　聖女の回復！　傭兵《ようへい》の弓攻撃！　魔法使いのファイアー！

「やめてよぉ」

いたくないけどなんかいや。

足元でチクチクしてくる勇者がいやで、しゃがんだら、僕のまえに仲間があらわれた！

「フランがいやって言ってるだろう」

「我が弟をいじめるな」

お兄様たち！

さらにザッと立ちふさがった人は、
カツアゲくん！

「弓よりもいまのオレのほうがすごい」

「ひとりよがりな弱い魔法ですね」

せんせぇ！

「フラン！　泣くな！　がんばれ！」

お父様！

僕がお顔をあげたら、集まったみんなが僕をかこんで「がんばれ！　がんばれ！」って応援してくれてる！

僕は勇気いっぱいになって、ぎゅっとした手をふりあげた。

「がんばるぅー！」

　ツパ！　って目をあけたら朝になってた。

　となりを見たら狼のぬいぐるみ。もぞもぞ動いて狼を抱っこしてあげる。セブランお兄様がいい夢が見られますようにってしてくれた魔法。

　…………。

「ややあげ！」

　勇者にチクチクされたのはしょんぼりだけど、みんな助けにきてくれたし、これはいい夢！

「セブランお兄様にお礼言ってこーよお」

　ぐっすり眠っておめめパッチリな僕は、ぬいぐるみを持ってセブランお兄様のお部屋へ行くことにした。

　お外も明るくなってるから、お兄様ならぜったいに起きてる！

　ガチャって扉あけたらキティがいた。

「おはよーキティ」

「ぼっちゃま、おはようございます。どちらかへ行かれますか」

「うんっ、セブランお兄様のところにお礼言いにいくんだ」

「かしこまりました。まずはお顔をキレイにしましょう」

「あっうん。してー」

　キティが持ってたタライから布をとり出して絞る。お目めを閉じて待ってたら、それでお顔をやさしく拭いてくれた。

「いってくる！」

「はい、お気をつけて」

ってなっていってもキティもいっしょ。

狼のぬいぐるみを抱え直したりして、到着したセブランお兄様のお部屋をノックしたけど反応なし。

「……いない？」

「そのようでございます。もしかしたらお庭で鍛錬をなさっておいでかもしれません」

早起きだもんね。修行だって朝からやっちゃうかもしれない。

ぽてぽて歩いてお庭に行くと、ステファンお兄様とセブランお兄様が木剣でカキンカキン！ってやってた。

ぅ、わあ……ドラマみたい。

僕、人がこうやって打ち合ってるの初めて見た。前世では不良もケンカで武器使わなかったもん。木剣でもこんな勢いでエイッてされたら、しぬ……。

「…………」

キティのうしろに移動する僕。

しばらく陰から見てたら、ステファンお兄様が打ってセブランお兄様が剣を落としちゃった。

勝負あり？　勝負ありです？

まだキティのうしろからは出ない。安全がカクホされたらごあいさつするんだ。じりじり観察してたらステファンお兄様が気づいてくれた。

「……フランか?」

「え? ああほんとだ。おはよう、フラン」

「おはようございます、ステファンお兄様、セブランお兄様」

やっとごあいさつできた。ふたりとも「おはよう」って返してくれつつ、汗を魔法でキレイにしてた。あっという間にさわやかな貴族になるお兄様たち。もうこわくなくなったからタタッと近づけた。

「どうしたんだ。ぬいぐるみを抱えて」

「ん、あの、セブランお兄様にお礼にきました」

「ボクにお礼? ……あ、その狼の尻尾、もしかしてボクがあげたやつかい」

「はい! いい夢を見れました! ありがとうございますっ」

「ふふふっ、よかった。どんな夢だったの?」

「僕がどーんってなって、ゆうしゃがえいえいってしたけど、お兄様が守ってくれました!」

「ふ、ふうん……? 良かったね」

「はいっ」

セブランお兄様とニコニコ。

「フランにプレゼントしたのか?」

「ああ、はい。ボクたちがいないときに良い夢がみられるように、と魔法をかけたリボンを」

「狼もかっこよくなりました!」

「……なるほど」

顎に手をあてて考えこんだステファンお兄様が、袖のボタンをプチプチとって両手にぎゅっとして魔法をかけた。

手をひらいたら、白かったボタンがキレイな水色になってた！　すごい！　色変わってる！

ふいとしゃがんで僕のお手てにボタンをにぎらせてくれる。

「フラン、これを」

「ふわあ！　進化ボタンだぁ！」

「魔除《まよ》けだ。私達がいないとき、良くないモノからおまえを守るだろう」

「マヨケ！　ありがとうございます！」

「ふふっよかったね、フラン。ステファン兄様の魔法は滅多に見られないんだ。かわいい弟のために、すごい魔法をかけてくれたね」

「わあっレアボタン！　うれしい！」

お兄様のレア魔法！　すごい！

キラキラしてる水色もとってもキレイ。宝石みたい！

「セブラン」

「はい？」

「おまえにもこれを」

ステファンお兄様がセブランお兄様に、はい、てボタンをあげた。セブランお兄様はポカンとしてる。

「おまえも私のかわいい弟だ」

「なっふぁ、え、はっ」

「やったあ！　オソロですねセブランお兄様！」

「え、あ、うん。……あ、ありがとうございます、ステファン兄様」

「ああ、身につけるといい」

「やったー！　ね！　セブランお兄様やったー！」

「や、やったー……」

「やったー！」

「……ふふっ、やったあ！」

僕はセブランお兄様のまわりをぐるぐる回って喜びを表現してた。セブランお兄様も僕の両手をとっていっしょに回ってくれた。

うれしいなー！


ステファンお兄様からもらった水色ボタン。マヨケになるってことはお守りだよね。お守りというからには身につけてないと。

「いっつも持ってられるようにできる？」

「かしこまりました。少々お時間をいただきます」

キティにお願いしたらブローチになって戻ってきた。ボタンのまわりに金で縁取りとかざりがついて、なんか勲章みたい。かっこいい！　セブランお兄様はどうしたのか聞いたら指輪にしてた。それもおしゃれだな〜！　僕のお手てがもうちょっと大きければ、僕も指輪にしたんだけど。

今日もキティにブローチをつけてもらって、ちょっと鏡で見て、んふふってご機嫌になった僕。お兄様ふたりともいないし、勉強の予定もないし、お昼まで庭園の探索をしようかな。

歩くだけで疲れる僕んちの庭園。めちゃくちゃ広い。キティたちがうしろをついてきてくれるのを、ちらって確認しながらお散歩だ。だれかいないと迷うからね、自宅で！

鼻歌を歌って探索。しっぽの長い小鳥とか、ホタルみたいに光ってるてんとう虫とか発見しつつ、奥へ行くと庭師のおじいがいた。

「じい！」

「ぼっちゃま」

麦わら帽子をかぶったムキムキのおじい。でっかいお手てにちっちゃいハサミを持って、植木のうえとかを毎日チョキチョキしてる。

おじいは時間があったら遊んでくれるから好き！　でもハサミを持ってるときは抱きついたらダメって言われてるから、おじいがハサミをしまうまでステイ。

「お待たせしました」

「じいー！」

ハサミを腰の道具入れにしまって、お洋服の小枝を払ったおじいが屈《かが》んでくれたので、わー！　と駆けてく。そのままのスピードでおじいのでっかい体を木登り的に登頂！　ぶあつい肩まできたら肩車してくれて、ちょっとぐるぐるしてくれるのが、前世のどのアトラクションよりたのしいっ。

「あはははっあはははっ」

「ぼっちゃまは元気ですなぁ」

おじいが僕をヒョイッて抱っこしてぐーん、ぐーんってスイング。なにこれすごい船みたい！　ああああ～！

「えはははっ、んへはははは、ぴっ」

「ピョートル、そのへんで。ぼっちゃまが興奮しすぎています」

「おおぉ、大丈夫ですか」

「たのしい!!」

「そうですか、そうですか」

ゆっくり地面におろしてもらって、服をととのえてもらった。おしまいの合図だ……少しさみしい。

「じい、なにしてたのー」

「はい。元気のない木の手入れをしていました」

「元気ない木があるんだ？　どれ～」

遊び相手がいないから、おじいの仕事に密着。おじいは大きすぎてお手てが繋《つな》げない。がんばれば繋げるけど、肩がいたくなるのは経験済みだ。ここはがんばらない。となりを歩く！　おじいは足も長いから、一緒に歩くときはちょっと早歩きになる僕。ジョギングみたいですっきりするよね！

元気なしの木に案内してもらう途中で、これはナントカナントカの実とか、あの鳥の声はナントカ鳥ですとか教えてもらう。おじいは知識がいっぱいで、お話がおもしろい。

「じいはかしこいねぇ」

「ここに来てから、必死で勉強しましたから。大旦那様のおかげです」

「おじいさま？」

「はい、大変お世話になりました」

おじいさまはインキョして田舎にいる。夏とかにきておいしいもの食べて帰っちゃうナゾの人だ。

ちなみにお小遣いはくれない。おいしいものはタマにくれる。

「ふぅん？　あ、じい、じいはお庭がひろくて迷わない？」

「最初は迷いましたな。いまは慣れましたが」

「どうやって慣れたの」

自宅ですら迷ってる僕が、街で迷わないわけがない。脱走して迷子ってダメなやつだ。

あと広すぎておじいが見つからないっていうのもある。おじいは毎日お仕事してるはずなのに、出会うカクリツがひくすぎるんだ。もっとおじいに会えたらたのしいのに。

だいぶうえにあるおじいの顔を見上げたら、おじいがニカッと笑って、

「気合いですな」

おじいはお父様とおなじ感じだった。おじいめ。

「あれです、ぼっちゃま」

おじいが指さしたのはふわふわした葉っぱの木。ふわふわが可愛いとお客さんに人気なんだって。

僕の部屋のまえにも植えてあるやつだ。

ふわふわしてるのに葉っぱが黄色い。元気ないね……。

「どうしたんだろ、かわいそうだね」

「根がやられたのか、土が悪いのか……手を尽くしてはいるんですがね」

専門家のおじいがわからないなら、僕にはナンモンすぎる。

でも僕の部屋のところとぜんぜん状態がちがうのはかわいそうだ。

うーん……あ、ステファンお兄様のマヨケはどうかな。お守りだから、これ以上悪くなるのはふせげるんじゃない？　木に効くのかわからないけど。

「ステファンお兄様のパワーではやく良くなってね」

ブローチをくっつけるのに、木にぎゅっと僕ごと抱きついた。

「ぼっちゃまはお優しいですなぁ」

「なんと慈悲深い……！」

「ぼっちゃま……っ！」

おじいとメイドが感動してる声。キティは芝生に倒れてる。

「んんう？」

なんか……木から黒いモヤモヤがふわーと出て消えた。気がする。ステファンお兄様からもらったボタンも光った。気がした。

くるっと振り返っておじいたちを見る。

「いまの見えた？」

「ぼっちゃまがお優しいところはしっかり拝見しましたよ」

ニコニコ顔で言われてちょっと照れちゃう。まわりのメイドもうなずいてるけど、そうじゃないんだよなぁ。

「さぁ、ぼっちゃま。そろそろお昼でしょう。お屋敷まで抱っこいたしますよ」

「！　肩車がいい！」

おじいの肩車で移動！　おじいが大きいから巨大ロボに乗ってる気持ちになるやつ！

黒いやつのお話したかったけど、これはそれどころじゃないぞ。

「やってやって！」

「さあ、どうぞ」

おじいが屈んだところをよじ登って肩車してもらう。

ずんずんって動くのがなんかたのしくていい！

「はやく大きくなりたいなぁ～」

「ぼっちゃまはお小さくてもかっこいいですよ」

「んへへ……」

照れちゃう！

†せんせぇにダメ元で相談してみる

「明るくする魔法ですか」

いつも通りお庭で魔法の勉強がおわったところでせんせぇに聞いてみる。

なぜ僕に明るさが必要か？　って顔してるけど、僕がこの世界でいちばん必要としてると思うね！

あの真っ暗な隠し通路が明るくなったら、もっとスムーズにお外に出られる。街の探索をすすめたいのだ僕は。よりよい未来のための努力をおしまない貴族なんだよ。

「僕も光魔法みたいのしたいです！」

「フラン様が光……うぅ〜ん」

めちゃくちゃ反応悪い。さいねんしょーで魔法庁に入ったエリートせんせぇが腕ぐみしてる。

ひ、ひねり出して！

「ぼっちゃま、お茶のご用意ができました」

「せ、せんせぇお茶しましょう。ゆっくり考えてくださいっ」

「うーん……」

唸《うな》ったままフカミにはまっちゃったせんせぇの手をとって、いそいそとテーブルにつかせる。メイドたちに目配せして、せんせぇのまえにお茶の準備。おとなりに座ってしずかに、ドキドキして答えを待つ僕。

「……フラン様」

「！　はいっ」

ビクッとしちゃった。でもせんせぇが真剣なお顔してるから、姿勢をただして聞く体勢。お膝のとこでお手てをきゅっと握る。き、キンチョーする。

「厳しいことを言いますが、現状、フラン様に光属性の魔法は使えません。なぜなら適性がないからです」

あー……やっぱり。ゲームでもそうだったもんね、ぜんぶの魔法が使えるのは勇者と魔法使いだけ。そのふたりだって、経験値次第で取得するのをあきらめる魔法もあったんだし。隠しキャラの魔法使いくらいかな？　ぜんぶできるの。

そこにきての隠れてもいない悪役貴族の僕。光属性なんて遠いお話だったね……。

「緊急を要するのでしたら、灯《あか》り石などの魔道具を使うしかありません」

「はい……」

お部屋の照明に使われるやつ。高価だし作る人が少ないしで、夜でも明るいのは皇帝のところだけで、貴族の屋敷も夜は暗いのがふつうなんだって。このまえ外国語の家庭教師のせんせぃが言ってた。僕のお部屋のランプから灯り石とるしか……いや、そしたら僕のお部屋が暗くなっちゃう。ううぅ。

「ですが、フラン様。諦めてはいけません、人生にはおどろくべき出会いというのがあるのです……！」

「せんせぇ？」

しょんぼりしてた僕のお手てをせんせぇの手が包んでくれた。なんか気迫がアツめ。

「たとえば魔法にしか興味がなく周囲の人間とうまくやれない男がいて、ある善き人と知り合い、人と関わる悦《よろこ》びを知ることができました」

「……せんせぇのこと？」

「ええ。フラン様と会わなければ、私は魔法庁をやめて隠遁《いんとん》していたでしょう。私ですらそうなのですから、フラン様が諦めなければ魔法だって変化の可能性はあるのです」

「そっ、そうなの⁉」

「前例はありませんが、だからといって不可能は成り立ちません」

て、てつがく！

「頑張りましょう。フラン様はやればできる方です」

「はい！」

えへへ。ほめられてうれしい。

せんせぇも黒歴史をカミングアウトしてほっぺ赤いけど笑ってくれた。イキっちゃうときはあるよね、僕なんかいまだに直らないし。

光魔法もワンチャンないことはないんだよね！　修行をつづけよう！

ちょっとアツい話をしたので、せんせぇともっと仲良くなれた気がする。

すっかり冷めちゃった紅茶をキティが取り替えてくれた。

「せんせぇ、お昼食べてってね」

「はい。お言葉に甘えさせていただきます」

お皿に盛られたランチをゆっくり食べるせんせぇ。

フォークにさしてから、ちょっと観察してる？　変な食べものあったかな。けど目はキラキラして楽しそう。

「せんせぇ、キライなのあった？」

「いいえ。……いいえ、正しくはわかりません。今まで食事は腹が膨れれば良いと考えていたので、味に対して好きも嫌いも考えたことがないのです」

「そうなのっ？　僕ね、魔物のお肉がキライなの。なんか、なんか、んーと、野生のにおい？　の気がする」

「そうなんですか？」

瞬きをしたせんせぇが、魔物肉のピンチョスを食べる。フルーツに挟まってるしソースもおいしいから、僕もいつも食べちゃうけど、よく噛《か》むと野生の味がちょっとするんだ。

せんせぇがもぐもぐしてるのをジーッと見る。

「……なるほど。確かに野性味がある味です、ですがとても美味《おい》しいです」

「そうなの、おいしいんだよ！　シェフはお料理が上手だから！　あと僕、フルーツがすき！　とくにリンゴがだいすき！」

「ああ、確かに。果物は甘くて舌にやさしく染みる感じがしますね、彩りも素晴らしいです」

「ねー！　ほんとそれ！　せんせぇこれ！　これも食べてっ、オススメです！」

ビスケットに赤くてちょっと甘いお豆が乗ったやつ。さいきん僕のお気に入り。はい、ってせんせぇにあげたら、もぐもぐして、ごくんとして、黙っちゃった……。

「せんせぇ？　お豆きらいだった？　ぺってする？」

大丈夫かな。僕は好きなんだけど、お口に合わないってあるもんね。

心配でせんせぇのお顔を覗《のぞ》いたら、ニコッとされた。

「すみません、大丈夫です。いまのもとても美味しかった」

「ほんとう？」

「はい。ただ……こうして誰かと食事をするのは経験がなかったから、その、楽しくて」

「！　僕もたのしいです！」

「っ……そ、そうですか？　私などと」

「うんっ。僕、せんせぇとランチするのたのしいです！　せんせぇは勉強がおわると帰るのは、しかたないけどちょっと寂しかったから、いま僕、うれしいです」

「フラン様……私も、とても嬉《うれ》しくて、楽しくて、しあわせを感じています」

「！　じゃあ、勉強がおわったら僕とランチごいっしょしてくださいっ」

お食事は誰かと食べたほうがしあわせだもんね！

「はい、もちろん。光栄です」

せんせぇがうなずいてくれたから、僕は僕のオススメ料理をいっぱいご紹介して、せんせぇもこれが好きっていうの見つかって、おいしいねーってご機嫌でランチタイムを過ごした。

†お外で知り合いはまだいないという不安

「ほら、鼻ちーんってしろ」

「ぇぶ……っ」

カツアゲくん改めトレーズくんがハンカチで僕のお鼻をふいてくれた。

涙でぐしょぐしょなのは、袖でぎゅっとおさえてくれる。フードもかぶせて紐《ひも》もむすんでくれた。

「いちば……こわかた……」

「カタコトになるぐらいか。あー、たしかにちょっと刺激強かったな」

前世みたいに買い物はスーパーマーケットってわけじゃない。この世界では捕れたて運びたて捌《さば》きたて！　って感じのお店が市場をつくってる。めちゃくちゃ声の大きいおじさんたちがいっぱいいて、ニッコニコでフレッシュお肉を作ってるのが、前世はナンジャク高校生、現世はナンジャク貴族な僕には刺激が強すぎた……。お仕事とわかってるし泣いてしまって大変申し訳ない。

「むずかしい顔してんな」

鼻をすする僕の眉間をつつかれた。むにーっとマッサージしてくれたトレーズくんは、ハンカチをしまって手を繋《つな》いでくれる。

とうとう街の探索だ！　って張りきってたら、初手からガッチリ手を繋がれてる僕です。

まぁね、迷子にならなくてこっちも安心だからね！　すでにひとりで教会に戻れる自信はないからね！

「お、あそこ。道具屋行ってみるか？」

「道具屋！」

道具屋はゲーム中によらないわけにはいかない施設だ。薬草とか毒消し草とか置いてて、よわよわな初期の生命線。後半は聖女の治癒魔法でどーにかなるし、後半の街ほどお値段あがってくるからよらなくなるけど。

つまり、脱走を企てるよわよわ悪役貴族にとっても生命線なんだ！　脱走するときにいくら用意するか計画たてなきゃいけないもんね。

「いきます」

「よし、なんか買ってやるよ」

「やったぁ！」

やっぱり薬草かな？　いや、もういっそ万能薬……は高すぎるかも。地味にマヒ治療薬っていちばんいるやつじゃん？　武器、は武器屋に行かなくちゃないか。魔道具もあるけど高かった気がするなぁ。

ぐぬぬ、これは未来の僕のために真剣に悩まなくては……！

「クッキーください！」

「お、クッキーでいいのか？　この魔道具とか安くてめずらしいぞ？」

「この色、香ばしいかおり、ちょっとおなかすいたときにちょうどいい数。しっかり焼くことで日持ちがする、つまり明日も食べられちゃうという機能性。焼きすぎてこんがりなトコもぜったいにおいしいし、かんぺきです！　わかりますか!?」

「なんで敬語なんだよ……。おばちゃん、クッキーひと袋くれ」

「あいよ。ふふ、なんだいトレーズ、今日の子分は変わった子だね」

「子分じゃねーけどな」

ほらよ、ってトレーズくんが渡してくれたクッキーの小袋！　全力でお礼を言って、天にかかげてたっぷり眺める。

すごくいい香りがする！　おいしそう！　僕、小麦のそのまんまの味って好き。

お家のシェフが作るクッキーもおいしいけど高級な味で、それももちろん好きだけど、前世を思い出してから粉っぽい素朴な味が恋しくなっちゃったんだ。賞味期限近くにあせって食べるカンパンとか好き。

道具屋に入った途端、棚のうえのおかしが目に入っちゃったんだからしかたないよね。

トレーズくんがお店のおばちゃんに「なんか困ってねーか、ボスに伝えるぜ」とかビジネスしてる。しっかりお仕事しててえらい。おじゃまにならないように、お手てはつながれたままクッキーの香り嗅いだり、なぞの道具見たりして待つ。

「待たせたな。じゃーなおばちゃん、また来る」

「ああ、また頼むよ」

笑顔で送り出してくれたおばちゃんが手を振ってくれるから、僕も振り返しておく。

「よっし、今日のところは戻るか。あんまり家あけられねーんだろ？」

「うん。いまはお昼寝の時間なんだ」

「っは！　優雅だな」

「たしかに」

僕のお昼寝タイムは、街だとみんな元気に働いてる時間なんだね。みんな偉いねって同意したらフードのうえから頭をポンポン叩《たた》かれた。

「貴族には貴族のやることがあんだろーな。それにおまえはまだ子どもだし」

「フランです」

「はいはい。おら、もうすぐ教会だ。着替えんだろ」

むむ、名前を呼んでくれない。

教会のなかにはいって、お着替えをさせてもらいながら、僕のほっぺはぷっくりした。

思い返してみたら、トレーズくんは街でも僕の名前を呼んでくれてない……！

「ほい、できた。……なんだその顔？」

「お着替えありがと。トレーズくん、僕のお名前知ってる？　フランだよ」

「知ってるよ。帰り道にクッキー落とすなよ」

「んぬぬぬぬっ！　フラン、だよ！」

「知ってるって」

「んもーっなんでお名前呼んでくれないの？　おともだちでしょ！」

僕がさらにほっぺを膨らませたら、トレーズくんが変な顔した。

「……おまえ、貴族じゃん。しかもフランなんて公爵様のところにしかいないらしいじゃんか。街でもうかつに呼べねーよ」

「んぎぃいい！　正論……！」

街でフランって呼ばれたら誘拐されちゃうかもしれないもんね！　気をつかってくれてありがと

う！　さすが！　正論め！

「でもじゃあここでは呼んでよぉ。お別れするときは『またねフラン』って言って」

「なんだよ、そのこだわり」

「……おまえってやだもん。お名前呼んでほしいんだもん」

トレーズくんは初めてのおともだち。ずーっとおまえっていうのは悲しい、フランって呼んでほしい。

「……あ！　アダナでもいいよ！」

「ムリ。わかったから、今日はもう帰れよフラン」

「んもー！　すぐむりって言う！　……！　よんだ！」

ご不満に下くちびるをニュッてしてたのに、びっくりしてお口もお目めもパカンてあいちゃった。

ものすごく見る。僕のお名前呼んでくれたトレーズくんを見る！　トレーズくんのお顔はちょっと赤くなってて、なんかどんどんうれしくなってくる。僕はンヒュー！　って全力のにっこりになった。

「恥ずいから確認すんな。おら、時間気にしろ。オレはもう出るから」

「うんっ、またね、トレーズくんまたね！」

教会の扉から外に行こうとするトレーズくんの背中に一生けんめい大きい声をかけた。

言ってくれるかな？　言ってくれるかなっ？

「おう、またなフラン」

トレーズくんはチラッと振り返って手をふってくれた。

おともだちだね！

†良い子になりましたので……！

セブランお兄様がサロンにいるというので、行ってみることにした僕。

6歳にして初めてのサロン訪問です。

僕のお家《うち》はすごく広くて、子どもは入っちゃいけない場所、というか存在を知らされてない場所がある。子どもには関係ないとこって感じかな。

そのひとつがサロン。

朝。あ、今日はなにも予定がない日！　って気づいた僕は、キティにお兄様たちの予定を聞く。

ステファンお兄様は騎士団に行ってて不在だったけど、セブランお兄様はお家にいる日だった。

いそいで食堂に行く。

お父様とステファンお兄様はもうお仕事に出かけたけど、セブランお兄様はまだごはん食べてる時間のはずだ。

キティたちに着替えさせてもらって、食堂に入ったら誰もいない……!!

「なんで!!」

さ、最速できたと思ったのに……！　いつもなら間に合うタイムでしたよ！

バッと食堂にいるメイドたちを見たら、僕用におイスを引きながら眉を下げてた。

うぐ……め、メイドたちが悪いわけじゃないもん……怒らない、怒らないぞ。僕のなかの悪役が叫びそうになるのをグムッと飲み込んで……飲み込んで……でもショック。自分でもわかるくらいトボトボ歩いて僕専用のおイスにすわった。

「本日はおひとりでございますね」

「シェフにパイを用意させましょうか」

めちゃくちゃ慰められる。それがよけいに悲しくなるから、ううんと首を振ったあとはパンを無心でちぎって食べた。

「ぼっちゃま、セブラン様はサロンへ行かれたようでございます」

「サロン……？」

「はい。近くティーパーティーのご予定があり、ダンスの鍛錬に向かわれたそうです」

さすがキティ、情報収集がはやい！

「僕もサロンにいくっ」

行ったことないけど！

俄然《がぜん》げんきを取りもどした僕は、もりもりパンを食べ、たまに野菜とお肉を食べさせられて朝食を終えたのだった。


サロンは僕のお部屋からだいぶ遠かった。西のほう。エントランスからむこうってきたことなかったなって思った。自分のお家なのに、知らない場所……。

金とかで飾られてるキレイな扉。僕はそのまえにおイスを持ってきてもらって座った。急に用意したやつだから足がつかない。

「まだかなあ？」

「聞いてまいりましょうか」

「ううん。セブランお兄様のおじゃまはしちゃダメなんだよ」

「かしこまりました」

「…………」

ずっとダンスの練習してるセブランお兄様も、お昼になったらキュウケーするからその時にごあいさつするんだ。

練習は大事だからね。おじゃまはしない。

おイスから浮いた足をぷらぷらさせて待つ。

「……まだかなあ？」

「聞いてまいりましょうか」

「ううん」

この繰り返し。中にセブランお兄様がいると思うとそわそわしちゃうんだよ。ダンスの先生の手拍子みたいのも聞こえてくるし、それが止まったら、あ、終わった⁉　ってなるけど、またすぐ手拍子が聞こえてくる。

胸につけたブローチをさわって位置とか直してみたり、窓の外の雲を見たり、メイドが絵本を持ってきてくれてそれをキティに読んでもらったり。

「……セブランお兄様、ダンスおじょうずになったかなあ？」

「セブラン様は努力を惜しまぬ御方ですから、きっと上達なさっておいでです」

「そうだよね！　セブランお兄様はかっこいいもんね！　ダンスしてるの見てみたいなあ。あとで見せてくれるかなあ？」

おじゃまはしないけど、ちょっとだけ見せてくれないかな。

ぷらぷらさせてるつま先を見てたら、扉がひらいた。

「フラン！」

「あっセブランお兄様！」

中から出てきたのはセブランお兄様！

僕がぴょいとおイスからおりて正面に立ったら、ぎゅっと抱きしめられた。

「フラン、なぜすぐに来たと言わないいんだ……」

「？」

なんかヒソー感。真面目な感じで言われたけど、そんな空気だったっけ。

「いま一段落したところでやっと聞いたんだ。フランがボクの練習の邪魔をしないよう、イスから一歩も動かず、物音も立てないようにジッと耐えていると……！　なぜそんな修行僧のような耐え方を」

シュギョーソー。そんな過酷なことしてないけど、前半だけはあってるから、うんともうんとも言えないビミョーな誤解。むむ、解きづらいやつだな。待ってた廊下はお日様ポカポカでちょっと眠くなっちゃってたし。

「あの、あの、セブランお兄様。大丈夫ですげんきですっ。お尻もいたくなりませんでした！」

「ほんとうかい？」

「はい！　それよりもおじゃましてませんか？　僕はセブランお兄様にごあいさつしたかったんです」

朝食時のショックは会えたからすっきりなくなった！

「ああ、……朝食に会えなかったものね。おはよう、フラン」

「はい！　セブランお兄様おはようございます！」

「フラン、ボクはダンスの練習をするから今日はともに遊べないんだ。ごめんね」

「いいえっ大丈夫です」

よしよしみたいに頭をなでられた。

お家にだれもいないときより、セブランお兄様がいるってだけで寂しさがぜんぜん違うんだよ。

ごあいさつもしたし、おじゃまにならないようお部屋にもどろうかな。朝からお風呂はいっちゃおうかな。

「中で練習を見ていくかい？　つまらないかもしれないけれど」

「!!　見たいです！　セブランお兄様のかっこいいの見たいです！」

「かっ、……っこよくなるよう頑張るよ」

「はい！」

「昼には長く休憩をとるから、一緒にお風呂に入ろうか」

「んきゅあ！　っハイ！」

初めて入るキラキラしたサロンのなかで、ダンスの練習をしてるセブランお兄様はキラキラしてかっこよかったです！


セブランお兄様のティーパーティー、本日開催中です。

庭園とサロンをメインにして、セブランお兄様のおともだちが招待されてるんだって。

「ごきげんななめ、デスね」

「んぶぅ」

家庭教師のハルトマンせんせぃにほっぺをつつかれた。せんせぃは茶色のふわふわヘアーで、異国顔の28歳。外国からきた人でたくさんの外国語を教えてくれる。たくさんすぎて、ひとつもシュートクにいたらない僕です。

いまの僕より年上の〝僕〟だった前世でもエーゴわからなかったもんね、しかたないよ。

「かわいい顔がおぶすデスよ。出禁がそんなに嫌でシタか」

「……朝のごあいさつもできなかったんだもん」

「それはさみしいデスねぇ。さみしいを王国語で？」

「……ザ、ザミンジィ」

「ん〜おしい！　正解は『ainzam』デス！　雰囲気はあってまシタねぇ！」

かすってもない……！

でもせんせぃは「いいデスね〜！」っていっつも言ってくれる。何がいいのかは不明だけどテキトーなのが楽で、前世を思い出すまえの僕もせんせぃのことはキライじゃなかった。授業を勝手に休んだりした悪い子だったけど。

「セブラン様は13歳デシタか。フラン様とは年齢がチョト離れてマスね」

そう。7歳の壁はあつくて、ティーパーティーに子どもはご遠慮くださいの空気。僕のお家で、僕のお兄様がやるのに。今日はサロンのちかくは立ち入り禁止って、昨日からお父様に言われちゃったんだ。庭園にも行けないからブランコとか卵さがしもできない。

なによりセブランお兄様に会えない。かなしい。

寝室からミドリのおリボンをつけた狼《おおかみ》のぬいぐるみを持ってきたけど、そんなことでごまかされない僕の寂しさ。机にぺったり顔をつけて足をブラブラさせて不満を外に出そうとするけど、なんだか泣きたくなってきちゃった……。

「Ｏｈ……フラン様、涙がでてマスよ？　そんなにつらいデスか」

「さ、さいきん、お兄様となかよしだったからっ、かなしくなっちゃっただけ……っお留守のときもあるから、僕、がまんできるもん」

せんせぃが背中をなでてくれてる。

やさしくなでられてると、ほんとの気持ちが出てきちゃう。ほんとはセブランお兄様とごあいさつしたかったし、セブランお兄様のおともだちに「僕のセブランお兄様とらないで」って言いたい。でもサロンでダンスの練習をいっぱいしてたの知ってるから、今日だけはおともだちにゆずってあげるんだ。

「今日だけ、がまん」

「ふーむ。このままでは、フラン様のおでこに皺《しわ》ができてしまいそうデスね。……ヨシ！」

立ち上がったせんせぃは、僕のすわってるおイスをよいしょと引いた。うしろの壁に立ってたキティにお庭に出る許可をもとめてる。それからなにやら他のことも。

「せんせぃ？」

「とっておきの方法を教えて差し上げマス」

鼻歌を歌いながらお庭に出るせんせぃについていく。せんせぃはお庭をぐるりと見渡して、植木のまえにしゃがんで手招きした。

「なあに？」

僕もマネをしてとなりにしゃがむ。めずらしい虫とかいた？

「フラン様、これはぼくのヒミツの方法デスが……」

「？」

「好きな人がそばにいないときは、好きな人のことをたくさん考えるとさみしくないんデスよ」

「たくさん考えるの？　さみしくなっちゃうよ」

「たくさん考えて、その人のために花束をつくるんです。さあ今から、セブラン様のためにフラン様が花を選んでくだサイ。厳選しましょう！」

「げ、げんせんっ！」

なんか大変な任務をまかされた気がしてきた。

僕のお部屋のまえのお庭はわざと自然っぽく作ってある。虫とか鳥とかいっぱいきて楽しいお庭だ。

ここからセブランお兄様のためにえらぶとは……これはシッパイできない！

目のまえにはふわふわの花とかちっちゃい花とかいっぱいある。

ど、どうやってゲンセンしたらいいの。

となりのせんせぃを見上げたら、せんせぃはニコッとしてアドバイスをくれた。

「セブラン様のイメージは？　色や香りをよく考えてみてくだサイ」

「セブランお兄様の色は……みどり！」

キョロキョロしたらみどりのカーネーションみたいな花があった。花びらがちょっとだけ光ってて、かおりも甘い。

「これ！」

「いいデスね〜！」

メイドがきてサッと一輪きってくれる。

「さあさあ、つぎはどれが似合いそうデスか」

「うぅ〜ん……あれ！」

セブランお兄様にぴったりのやさしそうな白い小花。さわるとちょっとだけ音がする。それから鈴《すず》蘭《らん》みたいのとか可愛《かわい》い葉っぱとか、みどりのミニブドウみたいのを合わせたら、せんせぃがメイドからもらった糸でぐるぐるっと縛ってくれた。

「できたあー！」

僕の手でもにぎれるくらいのちっちゃいブーケが完成！

パチパチとせんせぃとメイドが拍手してくれる。タッセイカン！

「せんせぃ、せんせぃ」

「はい、なんデスか」

「ステファンお兄様とお父様のもつくりたい！」

「オー！　いいじゃないデスか、つくっちゃいまショウ！」

ノリノリのせんせぃと、ステファンお兄様の色は〜とかお父様は気合いが好きだから〜とか話し合いながら、花束をつくるのに熱中してた。

みんなのことを考えてつくるのたのしい！

あっという間にお昼がすぎて、せんせぃもそろそろ帰宅って時間になっちゃった。

「今日の授業は愛について、デシタねぇ」

満足そうなせんせぃ。

僕がつくったみっつの花束を見て、うんうん頷《うなず》いて、お水につけたり、結んだ糸がゆるんでないかチェックしてくれてた。

「あっ、せんせぃ、ちょっとまってて」

僕はメイドを連れてふたたびお庭へ。

時間がないけど、妥協はできない。集中して花をみつけて摘む。しっかりゲンセンして、糸で結んでない状態の花束を持って戻る。

「オー、どれかに追加しますか？」

せんせぃはすこし屈《かが》んでくれた。僕はちょっと恥ずかしくなってもじもじしちゃう。

「せんせぃ、あのね、今日はありがとう。お兄様たちのこと考えてたら寂しいのわすれちゃった」

「それは良かったデス」

右手ににぎった花束を、ニコニコしてるせんせぃに差し出した。

「これはせんせぃの。せんせぃはここにいるけど、せんせぃのことイメージしたんだよ。……どうぞっ」

目をつむってニュ！　と手を伸ばしたんだけど、せんせぃが動かない。せんせぃ……いらなかったかな、って目をあけたら、体勢はそのままでせんせぃが号泣してた。

「せ、せんせぃ」

「Grrrrrazieeee!!」

「ひゅわ!?」

たぶん母国語っぽいのを叫んで、震える手で花束を受け取ってくれた。髪結んでた紐《ひも》で花束をたばねるせんせぃ。

「大切にしマスね」

「うん……せんせぃ大丈夫？」

「っすみません。フラン様が心を開いてくれたようで、嬉《うれ》しかったのデス。ぼくの授業はお嫌いかと」

「！　好きだよ！　……あっ、あの、あの、授業かってにおやすみしてごめんなさい。せんせぃのこと好きだよ、これからはちゃんと出ますっ」

良い子になる決心したからね！　それにせんせぃのことももともとキライじゃないんだよ！　ほんとだよ！

「ツ……ハイ！　これからもたくさんお勉強しまショウね」

「はいっ！」

仲直りできたかな?

せんせぃがこんなに感動屋さんだって知らなかった。

勉強はむずかしいけど、がんばろうって思った僕だった。

†ステファンお兄様とののんびりお風呂

大きいお風呂のはじっこに作ってもらった僕でも足がつくお風呂。

そこにあわあわの素《もと》を投入します。

ブクブクブクブク……

メイドたちがお湯をかき混ぜてくれるから、白くてふわふわした泡がいっぱいできてくる。

立ってる僕のおなか、おへその上くらいまでのお湯。

さらさらのお湯があわあわあわのお湯になっていくのを、なんとなく無言で見つめちゃう。じわじわ～と侵食されてくのがおもしろいんだよね。

「ぼっちゃま、湯船にお浸《つ》かりください。体が冷えてしまいます」

「っは！」

そうだった。ぽっこりのおなかを縁取るみたいにあわあわが取り囲んでくるのを見てたけど、僕、お風呂に入るんだった。

お昼寝から起きて、やることもないからお風呂かな！　って温泉気分でまいにち入りにきてる。

「んうー……」

ちょっと熱い気がしたからゆっくりしゃがむ。肩までつかったら、正座してへふぅと息をはいた。

ここまでくればもう熱くない。

「ぼっちゃま、湯加減はいかがでございますか」

「ちょうどいいよぉ」

「ようございました」

かき混ぜるのが終わると波がなくなって、あったかいお湯につつまれてるみたいになる。まだちょっと体が揺れるけど、それもたのしい。

「あわあわあわあわ」

泡をお手てにこんもり乗せて、どれくらい高くできるか大会を開催する。

企画、参加、司会、は僕です。

「おお～フラン選手、かなりの高さまであわあわを積んでいるぅー……」

ひかえてる人たちに聞こえないくらいの小声で実況してたら、お風呂の入り口でなんかメイドが話し合ってる。そこから一人がきて、キティになんか伝えた。

それからキティが湯船のそばにひざまずいて、

「ぼっちゃま、ステファン様がご入浴をご希望なさっておいでです。お譲りになられますか？　ステファン様はご一緒でもよいとおっしゃっておられるそうです」

「ステファンお兄様！　僕、ご一緒してもいいのっ？　それなら一緒がいい！」

「かしこまりました」

キティが入り口のメイドに言いに行った。僕はあわあわをお風呂に戻して、お膝でよいしょよいしょとお風呂の縁まで移動。

そわそわして待ってたら、ちょっとして裸のステファンお兄様がふつうに入ってきた。

「フラン、邪魔をするぞ」

「ステファンお兄様！」

ジャボッてお湯から上がってステファンお兄様を待つ。

優雅に歩いてきたステファンお兄様は僕の頭をひとなでして、となりの深いお風呂に入った。

ステファンお兄様とお風呂でご一緒するのは初めてだ！

お家にいることも少ないし、お風呂も夜遅くに入ったりしてるんだって。だからお風呂でご一緒するのは、遊んでもらうよりもレアな体験だ。

僕はまた肩までお湯につかって、よいしょよいしょとステファンお兄様との仕切りまで移動する。

「ステファンお兄様も仕切りの高いところに座ってくれたから、お話できるよね！

「ステファンお兄様、ステファンお兄様、今日はもうお仕事おしまいですかっ？」

「ああ、終わりだ。夕食もともに食べられるぞ」

「ほんとですかっうれしいです！」

「そうか」

仕切りの縁に手をかけてステファンお兄様をながめる。ちょっとお疲れらしくて目を閉じてた。でも一緒の空間にいるのがすでに楽しいのでぜんぜんよいです。

ステファンお兄様を視界にいれながら、あわあわ大会を再開した。ステファンお兄様は寝てるから、さっきよりも小さい声で。

「あわあわが大きい……これはすごい……高得点をねらえますよフラン選手……」

こんもりにこんもりを乗せるという荒業！　これは今まで誰もやったことがない～……とかやってたら、ステファンお兄様の目があいてた。

「フランは一人遊びがうまいのだな」

褒められた、だと……。

ちょっと恥ずかしかったけど、褒められたからほっぺが赤くなってしまう僕。

「ステファンお兄様もあわあわしますか」

「ふむ。入浴剤を見るのは初めてだが、気持ち良さそうだな」

「はい！　あわあわで洗えるからイッセキニチョーなんですよ！」

「そうか……フラン、私もそちらへ行っても良いか？」

「っもちろんでるずっ！」

うれしすぎて噛《か》んだ。

ステファンお兄様が仕切りを越えて、あさい僕用のお風呂に入ってきてくれた。ふわふわ、もこもこの泡があるけど、ステファンお兄様だとすわってても胸までしかお湯がない。

「ステファンお兄様、さむくないですか」

「浴室が暖かいから平気だ。フランはちゃんと浸かっていなさい。……この泡ならたしかに洗えるか」

「んへへ」

泡をすくって眺めてるおとなりに行って横にすわった。

「よし、フラン。私が洗ってあげよう」

「ステファンお兄様がですか？」

ステファンお兄様がなにかを洗ってるのを見たこと一切ないけど、経験者でした？

首をかしげて見上げたら、なんかやる気のお顔。

「よし、おいで」

お湯の中で手を伸ばされて、あぐらをかいてるっぽいお膝のうえにのせられた。ステファンお兄様のややムキムキの胸によりかかっちゃう。

グインと上をむいてステファンお兄様を見る。

「む、不安そうだな。任せなさい、おまえの兄は器用だ」

気持ちは伝わってた。よかった。

キティが泡は御髪《おぐし》も洗えますので、と助言をしたから、ステファンお兄様は泡をすくったお手てで、うなじにもしょもしょ泡を擦りつけてくれた。さらに泡をすくって頭までもしょもしょして、お顔にたれてきたお湯はおでこあたりですぐに拭いてくれた。

もしょもしょ、くしゅくしゅ、もにゅもにゅ

宣言通り、ステファンお兄様は器用だった……気持ちよくて、なんかだんだん眠くなってきちゃう。目がとろんとしちゃってるのがわかるけど、もしょもしょってされると目がさらに細くなっちゃう。

「…………」

ステファンお兄様も無言で洗ってくれる。満遍なくちょうどいい力加減でしっかり洗って、あわあわの髪を上へ上へ整えてく。全部の髪が上にのばされた感じ……ねむい……

「……っふ!」

ステファンお兄様の笑ったみたいな気配でパチッと目がひらいた。待機してるメイドも口をひきむすんで、変な顔してる。

「?·?·?」

「フラン、泡を流すから一度出よう」

言われるがまま湯船から出たら、ステファンお兄様の水魔法（お湯）で頭のあわあわが流された。お湯の塊みたいのを頭に乗っけられて、泡をしっかり洗い落とされる。さらに体全体にシャワーみたいなのもかけてもらって、キティにも洗い残しがないかチェックしてもらった。

そのころにはおめめパッチパチになってたので、シャワーがたのしくて、もっかいしてくださいって言って、何回かシャワーをかけてもらったりしてた。

「どうだ、洗えただろう？」

「はいっ気持ちよかったです！」

なんかドヤ顔のステファンお兄様だけど、気持ちよかったから間違いない。才能ありですね！

「ありがとうございました！」

「いや、私こそ仕事と勉強の疲れがとんでいったぞ」

「そうなのですか？」

「ああ、また洗わせてくれ。とても癒やされる」

「ふうん……？？」

よくわからないけど、ステファンお兄様のおつかれがとれるなら良いよね！

僕も寝てたら洗いおわってて気持ちよかった！

すっきりした僕は、ステファンお兄様がお風呂を上がるのを待って一緒に食堂に行ったのでした！

†未来の聖女のひとはいま貴族らしい

「頭出すなよ」

僕を木箱のうしろに隠してトレーズくんが行っちゃった。でも気になる。通りで人がモメてるの、気になる。

スラム街が見える人気のすくない道。そこに置かれた木箱の横から、僕はお顔をはんぶんだけ出して観察することにした。

「肩がぶつかったじゃろがい！　汚れたわクソが！」

「うっせえ！　こっちの商品が台無しになっただろ！」

「は！　クソみてぇなハーブじゃねぇか！」

「んだとこら！」「なんだこら！」「やるかオラ！」

子どもを含めた数人がモメてます。見た感じ庶民vsスラムの子と大人って感じかな。庶民の人もなかなか口が悪い。

足元にみずみずしい草が落ちてるからアレがハーブっぽい。掴《つか》み合いしてるけど、ハーブがダメになりそうで他人事《ひとごと》ながらハラハラしちゃう。

「おい、アンタらやめとけよ」

トレーズくんが低い声でわって入った。大人たち相手にぐいぐい行けるなんて、不良度がアップしちゃったのかな。

「あんだクソガキ！　すっこんでろ！」

「カンケーねぇやつは下がってろよ！」

トレーズくんに悪態をつき、掴み合いからナンダコラヤンノカコラの揉《も》み合いへ……そろそろ殴り合いになっちゃいそう。スラムの人も興奮してるけど、ハーブ、まずハーブを拾おうよぅ。踏みそうでこわい。

「オラー！」「ウラー！」「ウォリャア！」

ドカ！　バキ！　ボコボコ！

僕のハラハラをよそについに殴り合いがはじまっちゃった。

トレーズくん、せっかく仲裁しようとしたのにダメだったね。あるある。前世の不良の人もそうだったよ、お話をほんとに聞かないの。

ってトレーズくんを探したら、殴り合いに参加してた。

「えぇ……」

そんでたいして強くない。ああ～殴られちゃう、よけてよけて！　むしろ戻ってきて！　あ、ほら、いま避けられたじゃん、その流れで下がって……ああ～遅いよぉ。なんで「迎え撃つ！」みたいな顔してるの。

ハラハラそわそわ。僕もいこうかな、加勢できるかな。あっ、魔法を使ってみんなお眠に……っ？

「おまわりさん、こっちです！」

「貴様ら！　なにをしている！」

ピィー！　っていう大きい笛の音とともに警備兵が何人か走ってきた。「やべ！」とか言って、蜘蛛《くも》の子をちらす勢いで逃げ去るみんな。さっきまでケンカしてたのにチームワークがある。警備兵も後を追ってく。

残されたのはボコボコにされちゃった二人くらいの大人とトレーズくん。トレーズくんは立ってるから無事、じゃない！

「ほっぺ痛くしてるっ!!」

赤くなってるほっぺにびっくりして駆けつけようとしたら、うしろからきた子に追い抜かれた。

女の子、だ！　ふおおー！　速い！

「……なんて、なんてひどい」

警備兵といっしょにきたその女の子は、トレーズくんと倒れてる人を見てお膝からくずれ落ちた。きゅうに泣きだした女の子に引いてるトレーズくんのところに、そおっと近づく僕。

「ぁ、ぉま、出てくんなよ」

「だってほっぺが」

「大したことねー。おまえこそ平気か？　荒事なんかこわかったろ」

「んー……へーき」

武器がなかったからね！　お兄様たちの木剣を使った練習のがこわかった。トレーズくんに頭をかいぐりかいぐりされた。

それよりもすぐ近くで泣きながら、けが人を心配してる女の子のことが気になる。

ピンクの髪で、まあまあ育ちが良さそうな美少女。かわいいから、心配されてるけが人も照れてるけど、なんか、なんかすごくいやな予感がする。

(未来の聖女の気がするよぉ……)

トレーズくんと同じ10歳くらいだけど、15歳あたりで聖女の力に目覚めるメインヒロイン。勇者の仲間になって戦う回復役。そう、未来の僕の敵のひとだ。回復役のはずなのに、僕の魔法を封じる呪文をドカドカうってくるんだよ。うぅ、やめてほしいなぁ。

さりげなくトレーズくんのうしろにかくれる僕。

なのにけが人を心配しおわったヒロインはこんどはトレーズくんを心配しはじめた。まんべんないなーさすが聖女さま！

「そちらのあなたは大丈夫ですか!? お顔を殴られてますね、痛くないですかっわたくし薬草を持っておりますっ！」

「あ、ああ、大したことねぇって。……いいって、薬草しまえって」

まずい。聖女さまとのきょりが近くなってる！

（きんきゅー脱出！）

女の子に追い詰められてるトレーズくんの背中からサササッと離れておく。

トレーズくん……女の子に近よられてあわあわしてる。わかる。僕もきっとそうなっちゃう。だから僕を見ても力になれない……ごめんよぅ。

目をそらしたら、地面に散らかってるハーブが見えたので拾うことにした。

やっぱり踏まれちゃってダメになってそう。僕、このまえ花束つくったばっかりだから、いまはお花とか草とかが元気ないとかわいそうって思っちゃう。

「かわいそうだねぇ……」

ぺちゃんこのやつも拾っておく。

見えるところのはぜんぶ集めて、残ってるスラムの人に差し出した。

「はい。たぶんぜんぶだよ」

「ああ、ありがとな。……くそっ、結構やられたな」

「お水あげたら元気になる？」

「いや、潰れてっからむりだ。ちぎって使うよ」

「そっかぁ、かなしいね」

「はぁー……まあ自業自得だ」

おじさんは頭をぼりぼりかいて、ハーブを服の中にしまった。

「フラ……フラッペ！」

「えぇ～？？」

トレーズくんがたぶん僕をフラッペって呼んだ。フランって呼べないのはわかる。でもフラッペってかき氷のこと。僕、かき氷なの？　ってうしろをむいたら、キラキラした目の聖女さま（予定）がいた。

「感動しました、わたくし感動いたしました！」

「ひゅぇっ！」

「こんな小さい子がなんて優しい……わたくしの中で美しい感動の心が弾《はじ》けそうですっ。そうですわ、あなたさえよければ家《うち》で働きませんか」
ス、スカウト！　スカウトされた⁉
びっくりして目をいっぱいまであけた僕のお手てをトレーズくんが握ってくれた。

「わりいが俺の大事な身内だ！　じゃあな！」

「まぁなんて優しい兄弟……感動ですわ。そうですわ、この出会いを神に感謝しましょう」

女の子が祈りのポーズをとった。

え、ほんと？　いまから？　いまから祈っちゃうの？

「……逃げるぞっ」

ぐいってひっぱられて転びそうになったら、こんどは抱っこしてくれてトレーズくんが走りだす。

ちょっと頭がポカンってなってたからとても助かる。

抱っこされたまま女の子を見てたら、まわりの魔力がブワーと女の子にあつまるみたいに動いてた。

……聖女パワーかな？

そのままトレーズくんのおかげで逃げれた僕は、トレーズくんに急《せ》かされて教会からお家にもどったのだった。

……わがやがいちばんだなぁ。

†夏になってきました

だんだん暑くなってきた今日この頃。我がアスカロン帝国はどんどん夏に向かってます。

庭園に大きいパラソルをずぶっと刺して、その日陰でお茶の時間。

「あついねぇ」

「暑いですね」

今日は魔法使いのせんせぇといっしょ。授業がおわったあとのランチはひとりじゃないから、いつもよりたのしく感じる。

僕はサンドイッチとアップルパイと、ちゃんとお野菜も食べたから、さいごのデザートの時間はスペシャルデザートをシェフが作ってくれた！　夏ゲンテーのシャーベットを持ってきてくれたときは、思わず叫んじゃった。シャーベットおいしくて最高！　リンゴ味で実とか入ってて、シャリシャリもモグモグもできちゃう。

「ぼっちゃま、お顔を失礼いたします」

「ん」

キティがきたからちょっとだけそっちにお顔をむけると、おでこから落ちてきた汗をサッと拭いてくれた。一歩さがったから、またシャーベットを食べる。

おいし！　夏しか作ってもらえないってなると、よりおいしい！

「お口のなかがつめたくて気持ちいいです、ねー」

「気持ちいいですね」

「ねー！」

僕はせんせぇとお顔を見合わせてニコッてした。せんせぇはニコッはできなくて、ちょっとだけお口の端が上向きになるくらい。でも笑顔！

「せんせぇ、シャーベット好き？」

「……、好きですね」

「よかったねえ！　僕も好き！」

せんせぇは好ききらいがないんだって。あまいのも、にがーいのも、ふつうのお顔で食べてるからすごく不思議。だからランチのときについつい聞いちゃう。そうするとせんせぇはじっくり考えてから答えてくれるんだ。シャーベットは好きみたい。

「季節ゲンテーだから、夏しか食べられないんだよ。レア体験だね！」

「なるほど。……夏の思い出にします」

シャーベットの入ったガラスの器と僕をたっぷり見てから、せんせぇはまたニコッてした。

「せんせぇはヒショしないの？」

「ひしょ、ですか？」

「僕、来週からセブランお兄様といっしょにヒショチにヒショしにいくんだよ。もしかしたらステファンお兄様もくるかもって！」

「ああ、避暑地。私は帝都から出ない予定なので、いつも通りです」

「そうなんだぁ……おしごとですか？」

「そうです」

お父様も今年はいそがしいって言ってた。夏休みなくてかわいそう。おみやげ持ってきてあげよ。

「せんせぇにもおみやげ持ってきますね！」

「おみやげ……とは？」

「？　おみやげ知らない？」

「……手土産《みやげ》の類《たぐい》であることは解《わか》ります。マナーの教本や古書などにもある、訪問先へ持っていく進物ですよね」

んん？　あってる？　シンモツってなんだかわからないけど、訪問先っておともだちの家もおなじジャンルってことでいい？

「うぅーん……たぶん、そうっ」

「やはり」

なんかホッとしてるせんせぇ。シャーベットを一口食べて、紅茶を飲んだ。むむ、なかなかツウな飲み方をしますね！

「せんせぇの家知らないから、ヒショチから帰ってきたらここでおわたしするね」

「はい」

何がいいかなー。せんせぇの好きなのわからないから、僕が好きなやつでいいかな。僕、ヒショチで虫取りしたり大セミの抜け殻集めたりしてるし、かっこいいやつ見つけたらあげてもいいよ！

いっつも集めてるはずなのに、秋になるとお部屋からなくなってる大セミの抜け殻。あんなに大きいのにどこやっちゃうんだろうなーって、ふいに思い出した夏のミステリーを考えてたら、せんせぇの手が止まってる。シャーベット飽きちゃったのかなって思ったけどなんか、なんかさみしそう。

「せんせぇ？」

「ああ、……すみません。フラン様としばらくお会いできないのかと思ったら、心に穴が空いたような気持ちになりまして」

「！　うぅ、そう思ったら僕もさみしくなってきました」

「さみしい？　……なるほど」

あ、これがそうかぁ、みたいなお顔してる。せんせぇはちょっとおニブだと思う。

僕がヒショチに行くのは三週間くらい。

「せんせぇ、僕がいないあいだに忘れちゃわないでね」

せんせぇはいっぱい研究とかして忙しいから、会わなかったら僕のこと忘れちゃったりしそうでこわい。

そう思いはじめたら、僕もシャーベットを食べるお手てが止まっちゃった。

「フラン様」

「なあに」

「フラン様ほど印象の強い方はいません」

いい意味ですよねっ？

「フラン様がお戻りになられるまでに、私もフラン様へのみやげを帝都で探しておきます」

「あっそうしたら僕のこといっぱい考えるから忘れないね！」

「はい」

「僕もせんせぇのこと考えるね！　かっこいいの探すからね！」

「はい」

「んふふっ！　おみやげコーカン会しましょーねー！」

「はい。……ふふ」

ニコッてしたせんせぇのお顔がちゃんと笑顔で僕もニコッてできた！　ふたりでお手てに握ったまだったスプーンを見て、いっしょにシャーベットを食べることにした。おいしい！

よーし、せんせぇのためにでっかい虫つかまえるぞー！

†兄弟の友達の人との距離感は悩む

ティーパーティーが行われています。しかも聖女さま（仮）がきてます！　そう、聖女さまがきてるのです！　よりによっての！　あの……！　僕、ここで尽きるのかな、命運みたいのが。

聖女さまがくるし、セブランお兄様主催の二回目のお茶会なので、ヒショチに行く直前っていうスケジュールがオセオセでも開催したみたい。

セブランお兄様はこのまえから、定期的に貴族を呼ぶティーパーティーをすることになったんだって。よくわからないけど貴族のギムらしい。

その二回目に聖女さまがくるってどうだろう。ゲームでも本当はあった流れなのかな。でも聖女さまが聖女さまとしてあらわれるのはもっと先のはずだし……。うぐぐぅ。

あとセブランお兄様が半日はいなくなるから、まっすぐに言うとさみしい。

れいによって昨日から「明日は玄関から向こうは禁止だ！　たえろ！」とお父様に言われてしまった僕、６歳。

そう、６歳。だけど前世のおかげでそこらへんの子よりかしこいもんね！

朝ごはん食べたら「お昼寝します！」って言ってお部屋に戻ってきたけど、ほんとはお昼寝しない。ベッドにはいってメイドたちがお部屋の外で待機するのを待つ。そろそろかな？　僕は狼《おおかみ》のぬいぐるみを僕が寝てたところに身代わりにおいて、おふとんをかけてあげた。たのむぞ、狼さん！　それからそーっと窓をあけて、そーっとそこからお外へ出ちゃう。

隠し通路に行くのに何回もやったから、こんなのはアサメシマエなのだ。我ながらチノウハン！

んはっはっはー！

「だーれもいなーいねー」

お茶会だしヒショチの準備もあるしで、メイドも使用人もいつもの場所にいない。これは移動がはかどります。

庭園から半分すわったみたいなしゃがみ歩きをして、サロンの横の生垣に到着。地面に伏せて、木のあいだからティーパーティーをシサツできるんだよ。

セブランお兄様はテーブルについていなくて、招待した人たちと庭園を見て談笑してた。

「セブランさまぁ～とってもステキなお庭ですぅ～」

「感激いたしましたぁん」

「セブランさまぁ～こちらにいらしてぇ～」

……談笑してなかった。

セブランお兄様とおなじ年くらいの女の人が、セブランお兄様をとりかこんでる。大丈夫かな、あのままだとオシクラマンジュウの感じでつぶされちゃわないかな。

「セブラン様はおモテになります……ね！　清楚《せいそ》なレディが妖艶な踊り子のようだ……フッ！」

はらはらしてたら、テーブルで紅茶を飲んでた前髪が長い男の人が前髪をファサッてはらいながら、女の人たちをおアオリなさった。僕が相手じゃないのに聞いてる僕もムムッてするんだから、あおられた女の人は前髪の人をめちゃくちゃ睨《にら》んだ。セブランお兄様にむけたお顔とぜんぜんちがう……こわわ……。

「フフフン！　こんどはボクが注目を集めてしまったかな。この美しさのせいだ……ネ！」

「ブルクハルト、料理は気に入ってくれたかい」

女の人に一切さわらないようにして脱出したセブランお兄様は、前髪のブルクハルトって人の近くに座った。ブルクハルトさんはいい人なのかな。セブランお兄様の笑顔がお家で笑うのと近い気がするもんね。

「ああ、どれも素晴らしい料理ですね。シェフの腕がよいのがわかる。特にこのアップルパイは絶品……さ！」

「そうか。アップルパイはボクの弟の好物なんだ。料理長も魂を込めて作っているはずだよ」

「弟というと最近やたらキミの話に出てくるフラン様かな、仲がいいようだ……ネ！」

「ああ、フランはとても可愛《かわい》いからね、何をしていても愛《いと》しいんだ。このまえなんか、かわったピクニックに誘ってくれてね」

「まぁあ～弟御がいらっしゃいますのねぇ～」

「お話聞かせてくださいましぃん」

僕は見てた。セブランお兄様のとなりの席が、ソーゼツな戦いの結果の賞品だったのを。ヒジで、おくつで、ツメで、さいごは頭突きが決まり手だったよ。

お話をおねだりされたセブランお兄様は、はじめはお顔が引きつってたけど、笑顔をつくりなおして、僕とのピクニックのお話を一日のはじめからお話をしてる。ノリノリでお話してるし、笑顔もいつもの感じだし、長いお話になりそう。

むむむ。なんか楽しそう……。僕のほっぺがプクーとしちゃう。うつぶせでシサツしてるから、テーブルのうえがよく見えないけどアップルパイあるみたいだし。おいしいもの食べてセブランお兄様とお話するのずるい。僕もピクニックたのしかったですね！　ってしたい！

「僕もお話したいのにぃ」

「わかるよ」

ビクッとしてとなりを見たら前髪の人がいた。僕とおなじくおなかを地面につけてヒジをついて顔を支えてた。

「な、ひ、なん、ひぇー……」

「フフフン！　驚いたようだ……ネ！　でも静かにしなさいね、セブラン様にバレてしまうから……さ！」

頭をふって前髪をはらう前髪さん。小声なのによく聞こえる。こんなに存在感あるのにぜんぜん気づかなかったし、いつお席からここにきたか見えてなかった！

「い、いつ？」

「いつの間に、かい？　今さ！　レディたちが来たときにさり気なく移動したの……さ！　レディの目的はセブラン様だからね。まったく。ボクだってセブラン様と話したかったのに……ネ！」

木陰にひそんでたの、なんでわかっちゃったんだろう。疑問はいっぱいあるけど、前髪さんは良い人な気がしてきた。セブランお兄様とお話したくてもガマンできるのは良い子！　僕も良い子！

「ところでキミがフラン様、だよ……ネ！」

「ぅぁい！」

「うんうん、よく見るとセブラン様に似ているね。セブラン様はこんなふうに日中を過ごすことはないだろうけど……さ！　直球で聞くけれど、フランくんはなにをしているんだい」

「聖女さまを見にきましたっ」

「ほんとうは？」

「セブランお兄様がいなくてかなしいからきましたっ」

「だよ……ネ！」

ウインクされた。そしてお手てを差し出された。

「フランくんとは感性の親しみを感じる……さ！　ボクはトリシューラ公爵家のブルクハルト。よろしく……ネ！」

「ぶりゅくハルトさま」

「ブル様でよい……よ！」

あくしゅ、あくしゅ！

んふふっブル様は良い人！　僕はうれしくなって足がパタパタしちゃう。

「ちなみに聖女とされる方はあそこ、だよ」

ブル様がピッと手のひらでしめした方向には、我が家のピンクのバラを見て祈ってる女の子がいた。

「なんて健気《けなげ》に咲いて美しいのかしら……感動いたしましたわ！」

ああー……まちがいない。まちがいないです。スラムで会ったピンクの髪のヒロインの女の子だ。

ほんとに聖女さまに選ばれちゃったんだなぁ。僕が隠し通路つかって街に行ったり、トレーズくんとウロウロしたからだけど、これって運命が変わってよくなってる証拠なのかな。それともズルしてる！　ってことで運命がパンチしにきてる最中の可能性も……おぐぉぉ。

「フランくん、そろそろお部屋に戻るのをオススメする……さ！　ボクももう戻るしね、お付きの人を心配させちゃダメだ、ぞっ」

ブル様がパチンてウインクしてくれた。音が聞こえそうなウインクにハッとしちゃう。

「んあ、はいっ」

「セブラン様の言うとおり良い子だ、ネ！　……キミの家のアップルパイ、最高だね」

前髪をファサッとして、ブル様はフットワーク軽く立ち上がると、あっという間にサロンまえに戻っていた。バラの香りをかいで、フフフンと笑ってる。いなくなってたのを誰にも気づかれてない！

「にんじゃ！」

アスカロンの忍者だ！

いいものを見たなぁ、てなんかしっかり満足して、僕もお部屋に戻ったのだった。

閑話　まわりの人たち２

我が家で定期的に開くことになったティーパーティー。

ボクが初めて主催したパーティーは成功したと思う。目的はトリアイナ家の派閥固めだからね。また来月もあの準備や手紙やいろいろをやらなくてはいけないと思うとため息が出る。しかも次回のゲストがとても面倒そうなのだ。

「ふぅー……」

「おつかれですか、セブランお兄様」

横に座った弟、フランがパイをさしたフォークを握ったままボクを見てきた。食べたい気持ちのせいで口が半開きだ。そんなになっているのに、ボクのため息に反応してくるフランが愛《いと》しい。

敷地内の丘に絨毯《じゅうたん》を敷き、ピクニックというものをしている。テーブルセットをせずに直接絨毯を敷いて、そこに座ってランチをした。フランの唐突な提案だが、足を伸ばしてランチというのもなかなか快適だね。

「ごめん、考え事をしてしまっていたね」

フランのもっちりした頬を手のひらでとんとんと触ったら、持っていたパイをやっと口に入れて食べた。もっぐもっぐと食べるたびに膨らむ頬が可愛《かわい》い。でもまだ心配してくれているらしく、眉間に幼児らしからぬシワがよってアンバランスだ。

「……つぎのティーパーティーに、聖女になるであろう少女を招待しなくちゃいけなくてね。それで少しだけ悩んでいたんだよ」

「せ、せい、じょ……」

フランがポロ、とフォークを取り落とす。

不思議な反応だな、と思ったけれどフランは絵本でしか聖女を知らないのかもしれない。実在するのは意外だったかな。五十年ぶりの発見だからフランにとっては伝説に感じても当然だね。

「聖女といっても普通の女の子だよ。ボクらよりも魔力が少し多いだけ」

「ど、どこ、どこで見つかったんですか」

「うん？　ああたしか、スラム街のあたりと言っていたかな。急に祈りをはじめ、膨大な魔力で一帯を治癒魔法で癒やしたそうだ」

本人は「愛を見た」と言っていたらしく、教会は慈悲深いとしてその少女を聖女と内定。貴族の出身なので挨拶と観察のためにティーパーティーだ。

また出そうになるため息を飲み込んで、となりの弟をみたら絨毯にクッタリと倒れていた。

お腹《なか》いっぱいで眠くなっちゃったかな。自由奔放なフランは想像もしない動きをし、目まぐるしく感情が変わっていくのが見ていておもしろい。ずっと眺めていても飽きないだろうなあ。

「フラン、どうした」

「セブランお兄様……」

「うん？」

「僕はうんめーをかえてしまったのでしょうか……ハメツのカウントダウンをはやめちゃったのかも……うぬぬぬ……っ」

「……っふふ！」

悲壮な顔でわけのわからない悩みを持つフラン。ちいさい体でなにやら悩んでいるのが可哀想《かわいそう》なような、可愛さが勝るような。

コロンと転がっているフランの背中を抱っこするようにボクも寝転んだ。気づいたフランがくるっと反転してボクのほうを向く。眉毛がたれてて困り顔をしている。

「フラン」

「はい……」

「フランが破滅しても、ボクはずっとフランのお兄様だよ。ボクもステファン兄様も、父様だって、何があってもフランを守るし、ずっと愛しているよ」

ちゅ、ちゅ、と額と頬に親愛のキスをおくった。

フランはそれまでの困り顔から一転、目をいっぱいに開いてぱちぱちとまばたきをしてる。……あ、そうだね、お母様がいなくなってからはすっかりキスの習慣もなくなっていたものね。

驚いているフラン。いったい何を言うかなぁ。

「……が、外国人タレント！」

「？」

がいこく……何？

「かっこいい！　さり気なくできちゃうセブランお兄様かっこいい！」

「そ、そうかい？」

「はいっ！　すごいです！　さすがです！　おされ！」

手放しで褒めてくれる。フランはいつもこうだ、キラキラした瞳でまっすぐにボクを見てかっこいいと言ってくれる。ボクはそれが嬉《うれ》しいけれど照れくさくて、顔が赤くなるのを感じるしかできないんだ。なんでこうも素直なんだろうか。

「僕もっ、僕もちゅっちゅしてみたいです！」

もぞもぞと体を上へ移動させて、顔をボクと同じ高さにまで持ってくる。ふんっふんっとフランの鼻息がかかって……やる気に満ちてるのが可愛くて思わず吹き出してしまう。

「……ふは！　うん、やってごらん」

「すぁい！」

顔を横向けて頬を差し出す。

「んんんー、チュッ！」

フランの声とともに頬にやわらかい感触。ほのかに甘い香りなのはさっきまで食べていたアップルパイのせいかな。

「どうでしたかっ？」

フランが得意げな顔でボクの評価を待っている。

ボクはわざと真剣に悩むふりをして目を閉じた。抱きしめてるフランの体が緊張でギュギュッと固くなるのがわかった。

「…………合格！」

「んきゅあああーっ」

宣言と一緒にぎゅう！　と抱きしめてやると、楽しそうにキャッキャと笑いだすフラン。

「えへへ！　僕もかっこよくなれました！」

「そうだね、フランはいつもかっこいいけれど、今はとってもかっこいいよ」

「んへへへへ……」

照れてたフランが、ボクの肩に頭をぐりぐり押しつけてきた。

こんなに全身で好きだと、信頼してると伝えてくる人をボクはフラン以外に知らない。

ボクとフランをなごやかに見守る使用人たち。

フランとふたりでやるティーパーティーは毎日でも開催したいなぁと思いつつ、ボクは不思議な笑い声をこぼすフランを抱きしめつづけたのだった。

第3章 僕とお兄様の夏休み

†別荘の日中に見た妖精の木

途中の街で一泊して、さらに夜まで馬車を走らせてつくのがヒショチ。まあまあ遠い。

ずっと馬車のなかだから体がいたくなっちゃうし、セブランお兄様とごいっしょの馬車だけど、おしゃべりすると馬車のガタガタで舌を噛《か》むからいっぱいはお話できない。

お尻にクッション置いてもらったのにグラグラしちゃうから、それも大変。むむむってバランスとるのに集中してたらセブランお兄様が「ボクに凭《もた》れていていいよ」って言ってくれた。ありがたい！

僕はお兄様の腕にぎゅっとつかまって、よりかかってたら寝ちゃってた。

ずんずんって動いてる感じで目をさますと、キティにぶら下げられて運ばれてる途中だった。別荘についたみたい。夜のひんやりな空気と、リーンリーンって鈴虫の鳴き声がしてる。

到着したってわかっても寝起きでまだボーッとしちゃう……ねむいよぅ。はんぶん目を閉じたまま、廊下の床をながめてたらセブランお兄様の声がした。

「キ、キティ。本当にその運び方で問題ないのか」

「はい。ぼっちゃまも納得なさっておいでです」

「納得……フランはツラくないのだろうか」

大丈夫です、コツをつかんでますので……。視界にお兄様の足が入ってきて、いっしょに歩いてるのがわかった。わかったけど、おねむなのですみません……。

別荘で僕が使う部屋に入るキティとセブランお兄様。

キティがベッドへ運んでくれて、ふかふかのベッドにそおっと僕を置いたら、僕はもぞもぞして寝心地のいいところを探す。

（ここにしよ……）

お膝をまげて横向きに寝た。メイドが靴とかネクタイをとったあと、からだに柔らかいタオルをかけてくれて最後に狼《おおかみ》のぬいぐるみを僕のお顔のところにセットしたら、おやすみなさいの準備カンリョー。

僕は狼にちょっとだけ近づいて目を閉じる。

さらさらと頭をなでられた。気持ちぃ。

「おやすみ、フラン」

ちゅ、とほっぺにごあいさつ。僕も、僕もしなくちゃ……。

「……おなつみなさ……セブランおにーさま……」

ううぅ……ちゅうできない、ねむい……。

セブランお兄様が笑ったみたいな気配がしたあと、僕はぐっすり眠っちゃったみたいだった。

パチッ。

すっきり目がさめた！

「んんうー！」

空気がちょっと涼しい。さすがヒショチ。夏なのにちょっとだけ涼しいんだよ。

ベッドから起きて背伸びをして、よこにいる狼のぬいぐるみをポンポン叩《たた》いてねぎらう。いい夢を見た気がする！　ぜんぜん覚えてないけど！

ガチャと扉があいてメイドたちが入ってきた。メイドたちは僕が起きると、ちょうどのときにきてくれるからいつもスゴイなあと思ってる。

「ぼっちゃま、おはようございます。お着替えをいたしましょう」

「はーい」

キティに手を引かれて大きい鏡のまえに立つ。あったかい布でお顔を拭かれて、髪もブラシでゆっくりとかれた。そのあいだお洋服をととのえてもらう。「帝都より気温が低いですから」ってポンチョみたいのを肩にかけてもらった。

ポンチョの胸のところにステファンお兄様がくれたボタンのブローチをつけたら完成！　うん、やっぱりブローチつけたらかっこいい！　鏡を見てニヘニヘしちゃう。

「んふふっ、かっこいいでしょ！」

メイドたちに自慢しちゃう。毎日しちゃうけどメイドたちが「かっこいいですね」って言ってくれるから、僕とステファンお兄様の両方を褒めてくれたみたいでうれしくなる。

「はい。さきほどお目覚めになられ、まだ準備中とのことです。食堂でちょうどお会いできるかと」

「セブランお兄様は？　朝ごはんまだ食べてない？」

「うん！　じゃあ行こう！」

別荘にきたの一年ぶりだから迷っちゃいそうだ。キティのあとについて、食堂に行くとセブランお兄様がいた。

「セブランお兄様、おはようございますっ」

「おはよう、フラン」

んへへっセブランお兄様も僕とおそろいのボタンの指輪してる。おそろいうれしい。お兄様のおとなりのおイスが引かれて、いそいそ僕がすわったらナプキンをつけてもらう。

テーブルのうえには、お家とはちがってフルーツ多めのメニューが並んでた。シェフもついてきてるから、アップルパイとスコーンはいつも通りだけどね！　なに食べようかなぁ。

「フラン、今日は何をする予定だい？」

「今日ですか」

うぅ～ん、なんにも考えてない。僕、ヒショチでなにしてたっけ？　虫取りしてお昼寝して、キティに本を読んでもらって……それくらいかなあ。

去年もセブランお兄様といっしょにヒショチにきたけど、セブランお兄様は剣術の練習とかお勉強をたくさんしてたから、いっしょに遊んでないんだ。涼しいからはかどるんだって。

今年もはかどるなら、また僕はひとりで遊ばなくちゃ。

そうだ、涼しいからお風呂も気持ちいいかも。ヒショチでお風呂なんて前世を思い出してなかったら思いつかなかった。天才かな？　僕はお勉強なくてヒマだし、とりあえずお風呂はいって寝ちゃってもいいよね。そうしよう！

「お風呂にはいると思います！」

ふんっと鼻息といっしょに宣言したら、セブランお兄様が変なお顔をした。

「フラン」

「はい」

「この別荘にはお風呂はないよ」

な、なんだって……!?

気の毒そうにしてるセブランお兄様のお顔をポカンと見上げるしかできない。

「おふろ……ない、さんしゅうかん……おふろ……」

頭がボワッとしてきちゃう。お風呂に入れないのがこんなにショックだなんて我ながらびっくりしちゃう。さいきんは毎日、多いときは二、三回はお風呂に入ってたから、それがない生活ってどうしたらいいのかわかんなくなっちゃった。

フォークをにぎったまま固まった僕に、セブランお兄様が首をかしげながら教えてくれた。

「フラン、去年はボクが清浄魔法をかけてあげていたし、日中は湖で水浴びしていただろう？」

「みずうみ」

うーん。それならなんか納得できる、かなあ。つめたいお風呂って思えばいいんだもんね。

……あれ？　僕って泳げたっけ。去年の記憶もあやふやだけど、前世の記憶もふやふやだぞ？

プールの授業はあったけど、海でスイスイ泳いだおぼえがないなぁ。

「セブランお兄様、僕およげますか？」

となりのセブランお兄様を見上げたら、お兄様はさらに首をかしげた。眉毛もちょっとよってる。

ナイフとフォークを置いて、僕のほうを向いた。そいで手を握ってくれる。

「フラン、去年のことは覚えてないのかい？　……湖は怖くないのか？」

「んう？　こわいとか好きとかインショーがないです」

「そうか。……じゃあお昼になったら湖に行こうか」

「はい！」

湖でお風呂！　リゾートっぽくてぎゃくにいいかも！


「はびゃー！」

「フラン落ち着いて！　ボクが手を握っているから」

「あぷあ！」

セブランお兄様のお手てのちょっとでも近くに行きたい！　生まれて初めてくらいの必死さでセブランお兄様に抱きついた。

半泣きでパンツだけの僕と、ズボンをまくって立ってるセブランお兄様in湖。

お約束どおりにお昼の暑くなる時間、別荘のすぐちかくの湖にきた。足をいれるまではよかったんだけど、セブランお兄様の手につかまって泳ごうとお水にお顔をつけたとたん、息ができなくてビックリしちゃったところです。

「いき！　いきできなかったです！」

「そ、そうだね、水のなかでは息をするのは無理なんだよ？」

「おはないたいです！」

「鼻で呼吸したから水が入ったんだね」

セブランお兄様が困ったみたいに言うけど、わかってるんだよ。お水のなかで息はできないのはわかってるの。

ちがくて、僕がビックリしたのは前世ではプールでも浮かぶことくらいはできたと思うのに、なんか、体がしずんじゃう！

「フラン、去年のこと思い出したかい。フランは水に浮けなくて、去年もそうやって泣いたんだよ」

そうでしたか!?

「うん。それで打ち上げられた人魚みたいに湖畔でふさぎ込んでいたよ」

ぜんぜんおぼえてない。僕ってカナヅチなんだ……体質かなあ。沈んじゃうタイプってわかったら冷静になってきた。セブランお兄様にしがみついてるけど、足が湖の底についてるのもわかった。

「僕、練習したら泳げるようになる？」

「ううーん……ボクは風魔法しか使えないからなぁ。ステファン兄様が水魔法がお得意だから協力してもらえるといいのだけれど」

「ステファンお兄様、くるかわかんないって言ってました」

「そうだったね」

僕にしがみつかれたまま、セブランお兄様は僕の頭をなでてくれた。

「残念だけど、ボクではフランを危険にさらしてしまうかもしれない。泳ぎの練習はステファン兄様が来たときにしよう」

「はい」

「力になれなくてごめんね」

悲しそうなお顔のセブランお兄様にびゃっとなっちゃう。

「そんなことないです！　セブランお兄様がいてくれるからお水にはいれました！」

「フラン……ふふ、ありがとう。慰められてしまった」

ちょっと照れたみたいになったセブランお兄様はおでこにちゅうしてくれた。それから、冷えるといけないからって、湖から出ると布にくるまれた僕の頭をふいてくれた。

「さあ水浴びもできたし、午後は何をしようか」

「！　いっしょに遊んでくれますかっ？」

「ああ、もちろん」

「んぁあ！　なにしよう！　なにしよう！」

セブランお兄様がティーパーティーでお忙しかったから、遊んでもらうのひさしぶり！

どうしようかな、なにがいいかなっ。

考えてるあいだにメイドにお洋服を着せてもらって、濡《ぬ》れた髪の毛はセブランお兄様が風魔法でかわかしてくれた。

「ふふふ、悩んでいるね。まずは森に何があるか探索でもしてみようか」

「っはい！」

「森は広いから手をつなごうね」

「えへへ」

セブランお兄様とお手てをつないで、別荘のまわりにある森に入る。うしろから使用人とメイドもついてきてるし、明るいからこわくないね。

「セブランお兄様、この木はなんですか？」

見たことないマーブル柄の木。うっすら光っててふしぎ。

「妖精の木だよ。その名のとおり妖精が宿ってると言われていて、七色に光ってるのが特徴だよ」

「ふぁーすごい！　あっあのお花はっ？」

「あれは星の尻尾、スターテールという花だよ。花をすりつぶすと輝く粉になるんだ」

「お粉に⁉」

そのあとも聞くたびにぜんぶ教えてくれる。セブランお兄様はウィキかな！　すごい！　かしこい！

「あっ、あれが妖精の木ですね！」

さっき教えてもらったやつ。七色に光ってるマーブルの木。

七色っていうより、セピアっぽいし黒い線が入ってるけど色は七個使ってるよ。

「いや……なんだろう、あんな色の木は初めて見たよ。たしかに妖精の木の柄をしているけれど」

「そうなんですか？」

ふたりでその木に近づいてじっくり観察。

「なんだろう……」

セブランお兄様のウィキにも書いてないみたい。木のまわりをぐるっと一周したお兄様は、そっと手で木にさわった。

「あ」

セピア柄がウニョンウニョンってして、黒いモヤモヤが木から湯気みたいに出てきた。

「……色が変わってきたな」

「セブランお兄様、だいじょぶ……？」

「うん。でもフランは離れていなさい」

手を離されてキティに押しつけられる僕。ちょっとして黒いモヤモヤがさらさら～ってなくなったら、ふつうの色の妖精の木になっちゃった。なんなんだろ。

「呪われていたみたいだね」

「ふへぇ!?」

「たまにあるようなんだ。植物や生き物に取りつく呪いがね」

「せ、セブランお兄様！　だいじょぶですかっ呪い！　呪いされてませんかっ」

キティを振りきってセブランお兄様に駆けよる。いたくないかな、木にさわってたお手ては呪いになってないかな!?

「大丈夫。ステファン兄様の魔除《まよ》けが効いたから」

ほらって言って、自慢するみたいに手の甲を見せるセブランお兄様。

「弱い呪いのようだからね、フランもそのブローチを常に付けていれば平気だよ」

「ステファンお兄様すごい！」

「うん、ふふっステファン兄様はすごいね」

「ねー！」

安心！　ステファンお兄様のブローチとセブランお兄様の知識があれば安心！

でも一応森の探索はやめようね、ってセブランお兄様に言われたので今日は別荘に戻ることになった。


ランチのあとはセブランお兄様は剣術の自主練、僕はお昼寝とメイドと鬼ごっことかして過ごし、夜はぐっすり寝た。

そしたら夢に妖精さんが出てきて「ありがとう、なにか願い叶《かな》えるよ」ってゆってきたから「お風呂はいりたい」って答えたら、「考えとくわ」って帰っていったのを見て、クールだなーって夢のなかで思った僕だった。

†妖精の恩返し（一匹分）

呪いの木が見つかったせいで、森の探検がセブランお兄様によって禁止されちゃった。なので今日は別荘のテラスで読書。

アスカロンは四季があるけど、ぜんぶうっすらな変化だから夏だけどツラい暑さじゃなくて、あついなーって思うくらいのやつ。

テラスのテーブルで家から持ってきた絵本を読んでる。

ちなみにセブランお兄様は目のまえのお庭で素振りしてるからさみしくない。

「こうして、魔王は、初代アスカロン王に、たおされました。めでたしめでたし」

「素晴らしい物語でございました」

「大変ききやすかったです」

「まるで歌の神のようなお声でした」

えへへ。メイドが拍手して褒めてくれるから何回も読んじゃう。手放しで褒められたいタイプの僕です。

むずかしい字も読んでるうちに「これなんて読むのかなー？」って悩まなくなってきたし、ちゃんと勉強にもなってるんだよ。

何回も音読してのどがかわいちゃった。

ヒショチにきてから用意してもらうお茶がアイスティーになった。ちかくの山から氷を持ってきてるんだって。

テーブルに置いてるのは、僕とセブランお兄様のぶん。

ガラスのコップに入ってるから落とさないように両手で持つ。

「いただきまーす」

ちっちゃく呟《つぶや》いて、コップからアイスティーをごくんってした。

「……あつい?」

飲んだらアイスティーがあったかかった。

なんでだろ。ちいさく砕いた氷も入ってるのに。持ってるコップもなんかあったかいような……?

「ぼっちゃま、いかがなさいましたか」

「キティ。アイスティーなのにあったかいよ。お外に置いてるからぬくくなったのかなぁ?」

「まぁ! 失礼いたしました。すぐにいれ換えます!」

控えてたメイドたちのチームワークで新しいアイスティーが素早く作り直された。

「……?」

ふしぎ。お手てで持ってるうちにあったかくなってきて、猫舌の僕にちょうどいい熱さの紅茶になってるの。なんで???

紅茶をいれたメイドたちを見たけど、メイドたちも「どうかされましたか???」ってお顔。いじわるされてるんじゃなさそう……よくわかんないけど、ここで怒ったら悪役っぽいよね。

「ぼっちゃま……?」

「ううん、なんでもないよー」

あったかくても飲めるよ。

「フラン、変な顔をして何かあった？」

セブランお兄様が冷たい布で汗を拭きながらやってきた。そのままテラスにあがってテーブルのアイスティーを一気にごくん。

じーっと見る僕。

「……つめたいですか？」

「うん？　ああよく冷えているよ。美味《おい》しいけれど、フランはちいさいからおなかを冷やさないように飲みすぎに気をつけるんだよ」

「はーい！」

あ、そういうやつなのかな！　僕がちいちゃいから、だれかが気をつかってあったかくしてくれたのかな。

なっとく！　うんうん、やっぱり怒らなくてよかった。


夜になって、寝る準備してたらキティが水が入ったオケを持ってきた。中に布が入ってて、お顔を拭いてくれる。

「……あったかぁい」

もうおねむで、目がはんぶん閉じちゃってるところにあったかい布が気持ちいい。

「失礼いたしました！　……なぜ？」

「いいよぉ。もう寝ていい〜？」

「は、はい」

「ん。おやすみぃ」

ベッドにもぞもぞって入ったらお布団を整えてもらって、おやすみなさい。

そんなふうにして三日くらいした夜に、変な夢を見た。


七色のお部屋。お部屋なのに壁もなくてひろーいところ。

「むりだった」

「えー」

「風呂作るパワーなかったわ」

妖精さんが額にお手てを当ててお顔をふってる。いやーまいった、みたいなリアクションだけど、
それは僕がやるやつ！

「んぶぅ！　妖精さんがんばってよぉ」

「むりむり。でもちょっとやれてたっしょ？　お茶とかスープとか布とかあったためてやったじゃん」

「あ！　あれ妖精さんのしわざだったの⁉」

「そう。あれが限界」

「ううう……限界ならしかたないね。ぁりがとうございまし、た……」

「借りは返した。それじゃー」

あっさり帰っていく妖精さんを見送って、僕は妖精さんってむずかしいって思ったのだった。

「んは！」

パチッと目がさめたら朝。クールに帰っていっちゃう妖精さんの夢を見たのは二回目。さよならの夢だったなぁ。

「ぼっちゃま、朝の準備にまいりました」

「あ、はーいいいよー」

お顔拭いてくれる布は冷たかった。さっぱりして気持ちいい。キティに任せてたら、キティもホッとしてた。

「昨夜は冷えてない布を使いまして申し訳ございませんでした」

「あ、いいんだよ。あれは妖精さんのせいだったみたい」

「よ、妖精！　さん、ですか」

キティがびっくりしてて面白かった。妖精さんは帝都ではあんまり見ないし、職人さんとか以外に関わるのは珍しいんだって。

気まぐれ屋さんってことだよね～。

「でももうどっか行っちゃったよ」

「さようでございましたか。ああ、それからぼっちゃま、来週にはステファン様がこちらへいらっしゃるそうでございます」

「ステファンお兄様が!?　くるかわかんないってゆってたのに！　すごい！　うれしい！」

「さようでございますね」

「セブランお兄様にもおしえてくる！」

お部屋を飛び出してセブランお兄様のお部屋に行く。けど途中の廊下でお会いしたから、朝のごあいさつをしてお手てをつないでいっしょに食堂に行くことになった。

「ステファンお兄様がくるそうですっ」

「ふふ、情報がはやいね。フランが会いたがってると手紙を書いてみたんだよ」

「セブランお兄様が？」

「うん。泳ぎの練習をしたいんだろう。ステファン兄様が適任だ」

「ふぁああ！　ありがとうございます！」

「ふふ、ボクも用事ができたからね。来てくれてよかった」

「たのしみですね！」

そうだねって笑ってくれるセブランお兄様と、今日もいちにちまったりと別荘ですごした。

†兄弟みんなで別荘にいるのはたのしい

セブランお兄様のお稽古を見たり、湖のほとりでピクニックしたりして一週間。

朝、ついにステファンお兄様がやってきた！

「ステファンお兄様！」

くるよって鳥がお手紙運んできてたから、みんなで門のまえでスタンバイ。うずうずして駆けよりたいけどがまん……！

公爵家の馬車が到着して、ステファンお兄様がおりてきた。

「ステファン兄様、長旅お疲れ様でした」

「おつかれさまでした！」

「ああ、出迎えご苦労。かわりはないか？」

ステファンお兄様はもふっと僕の頭にお手てをおいてモニモニしてくれる。んふふ！　きもちいい。

質問はセブランお兄様にだから、僕はなでられつつお仕事をさがした。なんかないかな。うーん、ない！

「……なるほどな。ではその件は午後にでもすぐ調査にあたろう」

「ありがとうございます」

「いや。セブランもよく判断して対応した」

「っはい」

んふふ！　セブランお兄様が照れてる。褒められるとうれしいよね。

あ、と思って、僕の頭を置き場にしてたステファンお兄様のお手てを両手で持つ。それで、その手をセブランお兄様の頭にのせようとして、のせようとして……はは一ん。背が足りないな……？

「うん？　フランなにを……ああ」

そこは察しのいいステファンお兄様。ちゃんとセブランお兄様の頭をサラサラってなでてくれた。

「なっ、は、恥ずかしいですからっ」

「褒めるときは言葉だけでなく態度でも、とフランが主張しているし、私もそう思うようになった」

「う、うぅ……」

「セブランお兄様、よかったですね！」

セブランお兄様の目がうろうろうろーって動いて僕を見て、お顔をまっかにしてギュッと目をつむっちゃった。ステファンお兄様を見たらニコッとし、メイドたちもニコニコしてたから大丈夫だね！

ステファンお兄様がいったんキューケーして、それからみんなでランチになった。セブランお兄様とふたりでランチもいいけど、ステファンお兄様もいれて三人もたのしい。人が多いとにぎやかでいいよね！　お兄様たちはあんまりお話しないけど！

「それで、僕がすっぱいですね！　って言ったらセブランお兄様が紅茶にハチミツいれてくれたんですっ」

「そうか、うまかったたか」

「はい！　木の実はすっぱいけど紅茶があまいから、なんか、すっぱくてもおいしくなっちゃうんですよっ」

「フランはここで好き嫌いがひとつ克服できたよね」

「はい！　あとは、あとは、」

お兄様たちがうんうんって聞いてくれるからいっぱいしゃべっちゃう。ヒショチにきてからのいろいろをゴホーコクしなきゃ！　とも思ってお話してたらランチがいつもより長くなっちゃって、僕が食べ終わるのをお兄様たちはシャーベットを食べながら待っててくれた。やさしい。僕もはやくシャーベットたべたい。


たくさんお話しておなかもいっぱいになった。だいぶおねむの僕。お部屋にもどっていっかいお昼寝することにした。

セブランお兄様とステファンお兄様は森に行くんだって。

お部屋に行くまえに、お兄様たちを玄関までお見送り。

「では私達は行ってくるが、フランは部屋でしっかり寝ているんだぞ」

「はい」

使用人もつれてくみたいだ。ヒショチにきたら森も見たいもんね。僕も虫とりしたかったもん。

（あ！）

大事なことを思い出した！

「ステファンお兄様！」

「うん？」

「森に呪われた木がありました！　黒いですっ気をつけてください！」

「あ、ああ」

「ステファンお兄様のマヨケがききました！　しゅわーってなくなるんですよっ。あっ持っていきますかっ」

そうだそうだ！　呪われた木があるから立ち入り禁止って言われたんだった。

僕はお胸についたブローチをステファンお兄様に渡そうとして、ブローチのはずし方がわからなくてむぐぅとなった。キョロキョロしてキティを探してたら、セブランお兄様が僕のお手てをそっとお手てでつつんでくれる。

「フラン。そのブローチはフランがつけていなさい。ステファン兄様は魔法がお得意だから心配ないよ」

「ほんとうですか……？」

変なフラグたててないですか？

むにゅっと眉毛がよっちゃったのがわかる。僕ひとりだけのこって、かっこいいお兄様たちがやられちゃうっていうパターンじゃない？

うまく言えなくてもごもごしてたら、ステファンお兄様も僕のとこに膝をついて目線を合わせてくれた。

「フラン、私はそのブローチと同じ魔法を撃つことができる。呪いを見つけたら消してくるよ」

「フ、フラグ感」

「……？　よくわからないが、わかった。細心の注意をはらっていこう」

「そうだフラン。そんなに心配ならば、ボクたちに武運を祈るためにキスをしてくれたら良いのではないかな」

セブランお兄様がいたずらしてるみたいなお顔で言ってきたけど、すごい名案だ！

「しますっ」

僕はまず目のまえのセブランお兄様のほっぺをガシッとつかんで「ゴブーンを」って言ってオデコにちゅう。ちょっとびっくりしてたけど笑ってくれた。

それからステファンお兄様にふり返って、ステファンお兄様のほっぺもガッとつかむ。

「フ、フラン」

「ゴブーンを！　……んちゅっ」

ちゅうしたらなんか満足。むふぅっと鼻息がでちゃう。

ステファンお兄様はぽかんとしてたけど、セブランお兄様はくすくす笑ってた。

「それじゃあ行ってくるね」

お兄様たちが行くのをしっかり見送り、僕はお部屋にもどってベッドに入った。

ちょっとコーフンして目がさめちゃったけど、まくらに頭をつけたらスーッと寝ちゃってた。

夢のなかで妖精さんには会えなかったけど「呪われたらちゃんとアピールするんだよ。ステファンお兄様に助けてってするんだよ」って虹色の部屋でひとりで発表会してる夢は見た。

†妖精の恩返し（集団）

……ドゥヴ…ン……


「はへえ!?」

ものすごい衝撃波で目がさめた。ぐっすりお昼寝してたからびっくりした！　別荘ぜんぶが揺れちゃったくらいのやつだったから、キティも慌てて入ってきた。

「ぼっちゃま！」

「キティ、びっくりしたねえ。いまのお兄様たちのかなあ」

ドキドキがおさまってきたら、魔力がステファンお兄様のだってわかった。ちょっとだけセブランお兄様のも感じたよ。

森でなにかあったのかな。攻撃の魔法じゃなくて、清浄魔法みたいにサラ～としたやつだったから、こわい展開じゃないと思う……。

よいしょとベッドからおりてキティのそばに行く。

「おふた方の魔力でしたか……。ぼっちゃまに異変はございませんね？」

「うん、だいじょぶだよ。いまので森のお仕事おわったかなあ。あっもしかしたらおしまいの合図かも！　キティ、僕、お兄様たちのおでむかえしたい」

「かしこまりました」

清浄魔法みたいだったから、よごれバイバイなおしまいの魔法の気もするよね！

お洋服をととのえてもらってお顔もふいてもらう。むぐぐ、よだれ出ちゃってた。ぜんぶキレイになってすっきりしたら玄関までお出迎えに行くんだ。

別荘が揺れちゃったからいつもよりザワザワしてて、玄関から外に出るのもキティと使用人が先に出て安全かチェックしてくれた。僕の安全ユーセンなんです。オトナの事情がわかるようになった僕ですので、こういうとこでワガママはゆわないよ！

「異常はないようですが、中でお待ちくださいませ」

「はーい」

玄関の扉を大きくあけて、お家のなかから外を見てお兄様たちを待つことになった。

お昼寝してるうちに夕方になってて、外は夕焼け色っぽくなってた。うむ、このお時間ならだいたいお仕事おわり～ってなりそうだ。

立ったまま夕焼けの外を見てて思ったんだけど、お兄様たち、帰ってくるよね……？　僕、もう戻ってくるって思ってここに立ってるけど、まだお時間かかるんだったらどうしよ。

キティもメイドも僕のうしろに立って待機してる。……せ、セキニンを感じる。僕がお出迎えしたいって言ったからだ。ちらってうしろを見たら、ピクリとも動かないで、すこし下を見て待ての姿勢。

おおぉ……なんか、ごめんなさい……。

あと五十くらい数えてこなかったらいっかい解散してもらおうかな。そう、それがいいよね！　よし、じゃあ数えよう！

いーち、にーい……、

勝手に感じてる背後からのプレッシャーにたえて十を数えて、じりじりとさらに三十まで数えてたら、ガサガサってして森から人が出てきた！

「ステファンお兄様っ！　セブランお兄様ぁ！」

わー！　って駆けよっていちばんまえにいたステファンお兄様のおなかにタックル。

「っフラン、いま戻ったぞ」

「あー！　あー！　おかえりなさいっおかえりなさいっ！」

「フラン、ただいま。魔法を使ったのだけれど、こちらに影響はなかったかな」

「セブランお兄様ぁー！　あー！」

なんか、なんかわーってなった。メイドのプレッシャーもだけど、ふつうに血も出さないで帰ってきたのを見たら、ぎゅっとしないと落ち着かない気持ちになった。

セブランお兄様の質問は聞こえたけど、先にぎゅっとさせてください……っ。

「わ、びっくりした。ふふ、おなかがくすぐったいよフラン」

「んむぅううう」

「……心配してくれたんだね、よしよし」

セブランお兄様に頭をなでられる感触。そうか、僕、心配してたんだなぁ……わかったらなおさら離れたくない。今日はこのままくっついておきたい。

そう思ったけど笑ってるセブランお兄様に引きずられるみたいな、抱っこみたいな状態で別荘のなかに帰ってきた。

僕があまりにも離れなかったから、お兄様たちは交互に着替えたり汚れを落としたりしてくれた。

でもさすがにお兄様たちもおなかがすいちゃう。そのころには僕も落ち着いたし、おなかすいたから三人でディナーをとることに。

「僕がお昼寝してたら、ドワン！　って魔力がきてびっくりしました！」

「あれはステファン兄様が広範囲に解呪魔法を撃ったんだ。フランも妖精の木が呪われていたのを見ただろう。あれが結構な数で見つかったから、一掃しようとやってくださったんだ」

「私ひとりではないだろう。セブランの風魔法によるフォローがあったからこそ、ああも広く魔法を飛ばせたのだ」

セブランお兄様もステファンお兄様もおたがいを褒めてる。僕からしたらふたりともすごいって思う！　かっこいい！

もっとお話が聞きたくて鼻息ふんふんしてたら、ステファンお兄様がそういえば、と首をかしげた。

「時折突風がふき、そちらへ向かうと必ず呪われた木が生えていたが、あれはセブランの魔法ではないのだな？」

「はい。森でも言いましたがあれはボクではありません」

「ふむ……不思議なことがあるのだな」

「ふぁあああ～！　すごい！　お兄様たちがすごいからミチビカレたんですね！」

絵本の英雄とかよく伝説の剣にミチビカレがちだもんね！

お兄様たちはう～ん？　ってしてたけど、僕は納得しかなくてすっきりした気持ちで夕食を食べ終えた。

おつかれのお兄様たちと、満腹の僕。

今夜はちょっと早いけどおやすみなさいだ。

「フランの祈りのおかげで無事であった。ありがとう。おやすみ」

「フランのキスの効果は絶大だったよ。ありがとう。良い夢を」

ステファンお兄様とセブランお兄様にお礼も言われて、おでこにちゅっちゅもされて、大満足の僕。

ベッドに入ったらストンって寝ちゃった。

そしたら夢の中にまた妖精さんが出てきて「いいアピールできたわ」って言ったあと「アレ、やっとく」って言って帰っていく夢。夢のなかの僕は「お話つうじないな〜」って思ったのだけ覚えてた。

翌朝、ドーン！　という音とともに温泉が湧いて、「あ、アレってこれ？」ってやっと意味がわかったのだった。


ドーン！　としたあと、ほそく高く噴き出した温泉がザァアアーって上からふってきてた。

「別荘が洗われているようだな」

「ここは水に強いのでしたっけ？」

「特に耐水性を上げているわけではないと思うが。一応結界を張っておくか……フラン、気にしなくて良い。妖精とはそんなものだ」

朝はやくに地面を割って出た温泉が雨みたいになってる。最初はわー、温泉だぁ！　ってはしゃいでた僕だけど、止まらないお湯の噴水に使用人たちが慌てはじめて、僕もアワワワとなった。そこにお兄様たちがきて、驚いたお顔したところで僕の土下座の出番だった。

たいへんもうしわけない。

夢のことからぜんぶお話ししたらふたりとも「ああー……」って反応だった。

「ごべんなざい……僕、僕、お風呂、はいりたくて……」

床にべったり土下座ってたら、ステファンお兄様に抱き上げられた。お兄様の首にしがみつくようにしたら、ステファンお兄様はおでことおでこをコツンとして目を合わせてくれた。

「フランは風呂が好きなのは知っている。別荘にはなかったのだから造れて良かったではないか」

「うぅ……でもずっとお湯がふってたらお家《うち》がビシャビシャになっちゃいます」

「ああ、それを気にしていたのか」

ステファンお兄様は僕を抱っこしたままテラスから外へ出た。濡《ぬ》れちゃうと思ったけど、ステファンお兄様の結界魔法で僕たちのまわりだけカサをさしてるみたいになる。

「……一先《ひとま》ずはここで良いか」

ステファンお兄様がブツブツブツ～と魔法を使うと、うそみたいに噴水がおさまった。噴水のところは穴があいててジョーシキ的な量のお湯が出てるみたいだ。

さらにステファンお兄様が指をスイッとしたら穴のまわりの地面がけずれてそこにお湯が満ちた。

つまり——

「温泉だ！」

「お見事です、ステファン兄様！」

僕もセブランお兄様も、ステファンお兄様の手際の良さに拍手しちゃう。あっという間に露天風呂ができたよ！

抱っこされながら、すごいねー！ってセブランお兄様とお顔を合わせてニコニコしてたらステファンお兄様のお耳がちょっと赤くなってた。

「テラス横だから常設ではないが、新しく風呂を造るまではここを風呂として使いなさい」

「はいっありがとうございます！」

「フラン、さっそく入ってみようか」

「ふぁあ！　はいりたいですっ」

できたての！　おんせん！

興奮してたけど、シェフがまずはご朝食をって言ってきたからみんなでごはんを食べた。お風呂に入るから軽めにしようねってセブランお兄様に言われたからスープとアップルパイだけ食べて、お兄様たちが食べ終わるのをそわそわして待った。

ごちそうさまってしたらテラスに戻る。ほんとうは走りたかったけど、食後に走るとおなか痛くなるからちょっと早足で。お兄様たちは僕ほどソワソワしてないみたいで、あとからゆっくり歩いてきてた。

テラスにつくとお部屋から丸見えだった温泉のまわりにパーテーションがいい感じに立てられてた。

即席みたいだけどなんて気が利くみなさん……！

「ぼっちゃま、脱衣所はこちらでございます」

「キティ！」

カーテンの奥からキティがお顔を出したので駆けよると、たしかに脱衣所みたいになってた。地面には板がしかれて足がよごれないようにしてある！

「すごいね！　お風呂になったね！」

「はい。さっそくお入りになられますか。着替えの用意もございますからいつでもよろしいですよ」

「うん！　お兄様たちもよんでくる！」

脱衣所から出てキョロキョロしたら、セブランお兄様はお着替えを持ってこっちにきてるけど、テラスにいたステファンお兄様はお着替えなさそう！　僕はいそいでダッシュ！

「フラン、食後にその速さで走っては……」

「ステファンお兄様、ステファンお兄様もお風呂ごいっしょしましょーっ」

「いや、三人では少し狭いだろう。私はあとで良いよ」

「ダメですっ」

「駄目です」

ちょうどテラスに出たセブランお兄様とダメがかぶった。

僕がステファンお兄様のお手てをとってお風呂にひっぱると、うしろからセブランお兄様が背中を押してくれてるみたい。

「お、おい。ふたりとも……わかった、わかったから」

「んふふっみんなでお風呂ですね！　ね！」

「うん、楽しみだね」

ステファンお兄様ごしにウフフフ！　って笑い合って脱衣所にトーチャク！

スタンバイしてたメイドたちにお洋服をぬがせてもらって、いざ！

仕切りになってるカーテンをあけてもらう。

「わぁあ！　すごいぃ！」

ステファンお兄様がひょいひょいってつくったとは思えないくらい、モワモワモワって湯気の出る立派な露天風呂があった。

「待てフラン、湯加減まではみていないから待ちなさい。フランには熱いかもしれない」

「ぁい！」

がまん！　飛びこみたかったけど止まれって言われたら止まる。そうできるようになった貴族が僕だ。うぅぅ〜！　でも入りたい！

ステファンお兄様とセブランお兄様がちゃぽんて入るのを見守る。どう？　どうです？

「……うむ、やはり少し熱いか」

「ボクの風魔法で冷ましますね」

なにやらモニャモニャやったあと、セブランお兄様が手を差し伸べてくれた。

「お待たせ。さぁいいよ、おいで。ボクの手につかまってね」

「んあい!!」

「底をタイル化させたから滑る。フラン、私の膝のうえへ」

「はいっ」

セブランお兄様の手につかまって、ゆっくり足をいれたらちょうどいいお湯加減で、お風呂の底はツルツルだからステファンお兄様のうえに着地した。

肩までお湯につかるとふむぅ〜って息がもれちゃう。

「きもちぃですねぇ」

「ああ、夏の風呂も良いものだな。体がほぐれていきそうだ」

「このなかでシャーベットでも食べられたら最高ですね」

「てんさい……！」

僕はシェフを呼んで急いでシャーベットを持ってきてもらった。お兄様たちにもお分けしたら、おいしいおいしいって食べてくれて、三人で長湯したのでした。

†夏休みの感想は前世もおなじ

「むーしとり、むーしとりーおっきいのー」

森に入っていいよってなったから、さっそく虫をつかまえにきた僕（6歳）。虫取りアミがないから素手でがんばらなきゃいけないんだけど、野生の虫って思ったより速い。さっきから何回も見つけてるのに全然つかまえられてない。

使用人が持ってくれてる虫カゴに大セミの抜け殻だけ入ってた。これでも十分なんだけど、かっこいいのいたらせんせぇたちのお土産《みやげ》にしたいんだぁ。

「んんん～……あ！　ゴンブトムシ！」

大きい木にじっとしてるのは、見た目はカブトムシなんだけど角が太くてしかもキラキラ金色のゴンブトムシ！　これはつかまえたい第一位のやつ！

「はぁあ……」

かっこいい！　金色ですごい！

うしろにいるキティに待っててってして、そーっと近づいていく。あともうちょっと、あともうちょっと……

「あ！」

お手てを伸ばそうかなってしたら、ゴンブトムシがふっと消えちゃった。もうそこには木しか見えない。透明魔法《ステルス》使ったみたい。

「んもぉ！　なんで虫なのに魔法使うの！　かしこい！」

まったく！　この世界には魔法があるのはいいけど、虫まで使えるのはずるい。でも魔法使うゴンブトムシかっこよかった！

「いいもの見せられた！」

「ぼっちゃま、そろそろ夕方になりますので森からお出になりませんと」

キティが言ってくれて気づいたけど、ランチのあとからがんばってもう夕方なんだね。

使用人に虫カゴを見せてもらって、中にある大セミの抜け殻を確認。うむ、まあよいだろう。

思うぞんぶん遊んだから、なんか満足感がある。

「キティ、温泉はいりたい」

「かしこまりました」

朝も入ったけど、遊んだあとも入っちゃう。いつでも入れるお風呂ってサイコーだ。

妖精さんには感謝しかないね！

別荘に戻って温泉に入ってさっぱりする。ステファンお兄様とセブランお兄様も僕ほどじゃないけど、お風呂が好きになったみたい。朝はセブランお兄様がいれ違いでお風呂に入ってたし、ステファンお兄様は夜のおそい時間に入るんだって。

お風呂からあがったらディナーにちょうどいい時間になった。

まだ僕は魔法が上手にできないから、頭洗ったら濡《ぬ》れたままになっちゃうのが唯一のなやみ。だれかドライヤーとかつくってくれないかなー。

「フラン、風呂あがりか」

「ステファンお兄様！」

食堂にむかってたらステファンお兄様とばったり。

今日はお兄様たちは「念のため」って言って少しとおいところまで見回りに行ってたんだ。

隣にならんで食堂にごいっしょする。ステファンお兄様を見上げたら、頭にお手てをおかれて風魔法で髪を乾かしてくれた。

「ありがとうございます！　ノロイはだいじょぶでしたか？」

「ああ、周辺のものに異常はなかった。明日はフランと泳ぎの訓練ができるぞ」

「ほんとですかっ！　やったー！　うれしいです！」

僕のカナヅチ問題がカイケツするかも！

泳げなくても、お水に浮けるようにはなっておきたい。もしも勇者と戦うことになって、川のうえのガケとかに追い詰められたら、さいあく飛びおりれば助かるかもしれないもんね！

食堂についたらセブランお兄様はもういて、僕たちを待っててくれてた。シェフとなんかお話してたっぽい。

「ステファン兄様、フラン」

「セブランお兄様おまたせしました！」

「ふふ、そんなに待っていないよ。明日は湖畔でピクニックをしたいから、その準備の話をしていたんだ」

「！　こはんで！」

「なるほど。それならフランの訓練をしながら一日過ごせるな」

「でしょう？」

「ピクニック！」

みんなで!! たのしそう！ たのしそう！

僕は席について、近くにいるシェフにゴヨウボウを伝える。

「シェフ、アップルパイ！ アップルパイつくってね！ ふつうのだよ！」

「はい、ぼっちゃま」

「あっでもね、お兄様たちはオトナだからあの茶色いのかけてもいいよ」

みんなが好きなのがいいもんね。

（……あっ！）

僕は重要なことを思い出してハッとした。

ステファンお兄様は甘いの好きじゃないって言ってた！ そうだ、そしたらアップルパイは甘いからステファンお兄様は食べられないかも！

「シェフ！ あのね、甘くないのもつくってね。ステファンお兄様はオトナだから甘くないの食べるんだよ！」

「……っふ！」

「……ク！ っは、ごほんごほん！」

僕が一生けんめい伝えてたら、お兄様がなんか変なせきばらいした。紅茶あつかったのかな？

「ありがとうフラン。私の好みを覚えていたのだな」

「はい！」

なにせアップルパイをステファンお兄様のぶんまでもらっちゃいましたからね！ 僕は食べものの

恩はわすれないタイプなんだよ。

「ぼっちゃま、明日は腕によりをかけて、皆様方がご満足いただけるピクニックランチをおつくりします」

「うん、たのんだ！」

シェフの料理はおいしいからね！

「ふふっ、会議はすんだかな」

「はい！」

「じゃあディナーを始めようか。フランも虫取りを頑張っていたから、おなかが空《す》いたろう」

「虫取りか。私はもう十年はやっていないな。話を聞かせてくれ」

「はい！　あっ今日はゴンブトムシをみつけました！　それでつかまえようとしたら……」

今日あったことをはりきってお話ししたら、お兄様たちはうんうんって笑顔で聞いてくれた。ステファンお兄様はゴンブトムシを見たことがなくて感心してくれたし、セブランお兄様はボクもやりたいなって言ってくれた。


「んぷあ！　あぷあ！」

ステファンお兄様のお手てにつかまって、ひっしにバタ足をしています。どうしても沈んじゃうのを相談したら、まずバタ足をしようってなって、午前中からステファンお兄様につきあってもらってる。ちなみにセブランお兄様はピクニックの準備をしておくね、と別行動中である。

お胸の下にちょっとだけ沈まないような魔法をかけてもらったからこの前みたいに沈んじゃうことはない。けどお顔を下にするとふつうに水に入っちゃうから、息を止めたり息つぎをしたりたいへんなのだ。

「うん、姿勢が美しくなってきてる。成果は出ているぞ。さあもう少しだけ頑張れ」

「んぶあい！」

バシャバシャバシャバシャ
つらい！　お水のんでる！　でも、もうちょっと……！

ステファンお兄様にひっぱられてゆっくり陸に近づいてるのがわかったから、そこまではがんばる！　気合いだー！

「んぱ！　……んパア！」

「よし、よくやった」

陸地のところまでなんとか泳いだら、ステファンお兄様が体をささえてくれて湖のフチにタッチさせてくれた。
タ、タッセイカン！
「よく頑張ったな。それでこそトリアイナ家の男だ」

ほめてもらったけど、はあはあするのが限界でノーリアクションになっちゃう。ありがとうございますって思ってるけど声出すのも力がいるんだね、初めて知ったよ！

ステファンお兄様は気にせず僕を地上に引き上げてくれて、さらに風魔法で髪も乾かしてくれた。

メイドたちもタオルとか着替えをすぐに持ってきた。ステファンお兄様は自分でいろいろやってたけど、僕はラグのうえにだらんと転がってるうちにお洋服を着せてもらう。

ずっとお水のなかだったから、お洋服きるとあったかく感じるなぁ。

「そろそろセブランのほうの用意が済むだろう。フラン、歩けるか」

「……ちょとねていいですか」

朝からバシャバシャしてたからか、とっても疲れてとってもおねむ。でもピクニックしたい。いっかい寝たらげんきになりますのでねていいですか……

言えたかどうかわからないけど、すぅーってお目めをつむった僕をステファンお兄様が抱っこしてくれたのまでは起きてた、とおもう……。


上も下もポカポカしてて、ふわーとお目めを覚ましたらふかふかの絨毯《じゅうたん》のうえで大の字で寝てた。木漏れ日がちょうどよくあったかい。

「あ、起きたかな。疲れたんだねぇ、眩《まぶ》しくはない？」

すぐとなりにいたセブランお兄様に頭をなでられた。

今日のピクニックは絨毯に直にすわるタイプのにしたみたい。お目めだけでまわりを見たら、セブランお兄様とステファンお兄様に挟まれて寝てるみたい。ふたりとも足をのばしてリラックスしてた。いちばんリラックスしてるの僕だけど。

お目めが開いたけど、まだぼうっとしてて、おなかでゆっくり息してるのが自分でわかる。これはそんなに長くは寝てなかった感じだ。

「起きたか」

うえからステファンお兄様が覗《のぞ》き込んでお顔を見られた。なんか食べてる？

ぼやっと見てたら寝起きでぐんにゃりな僕をお膝に抱っこしてくれた。

「たくさん運動したからまだ回復しないのでしょうね」

「ああ。回復魔法をかけてもいいが、フランの自然治癒力が落ちるからな……成長と思え」

はんぶん起きててはんぶんおねむなので、まだお話するほどげんき出てない。前世でもプールのあとの授業はみんなで寝てたもんね。水泳ってつかれるんだ。

「フラン、口をあけてごらん」

セブランお兄様がフォークに刺したリンゴを食べさせてくれた。

（！　おいしい…！）

喉渇いてたからすごくおいしい！

みずみずしいリンゴをもにゅ、もにゅ、とゆっくり味わってごくんとすると、また一口食べさせてくれる。自動的に食べものがお口に入ってくるなんて、すごいゼータクだ。王様はこんな感じなのかなぁ。

「ふふふ、餌付けみたい」

「大人しいフランは珍しいな」

「新鮮ですね」

ステファンお兄様が僕のお手てをむにむにしてる。ステファンお兄様のお手ては僕より大きくて指も太くてかっこいい。マッサージしてくれてるのかなあ？　もう片方の手でサンドイッチを食べたりしてるみたいだから、マッサージじゃなくて手持ちブサタのやつかも。

セブランお兄様はベストなタイミングで僕のお口においしいものをいれてくれるし、僕はおねむなのもあって夢みてるみたいな気持ちでランチに参加した。

「リオネル様もピクニックをすれば気分一新になるだろうか」

ポソッと呟《つぶや》いたのはステファンお兄様。抱っこされた僕と近くにいたセブランお兄様にしか聞こえないくらいだ。

「最近はご機嫌麗しいと聞いていましたが？」

「ああ、ラファエル様と和解してからかなり穏やかにお過ごしだったのだが、最近は攻撃的なことを口になさるのだ。……このような癒やしが足りないのかもと思ってな」

「たしかに……こんなに無防備な弟がいれば癒やされて、平和であれと思いますから」

むむ、プニプニとほっぺをつつかれてる感じがする……！

むずかしそうなお話だったから、起きるよりもおねむが強くなって油断してた。おいしいのくれると思ってたのに、死角からつついてくるとは……セブランお兄様め。

「サンドイッチたべたいでふ」

「はいはい」

笑いながら返事をしたセブランお兄様が、ちいちゃくしたサンドイッチを食べさせてくれた。

そんなランチを終えて僕がすっかり寝たら、セブランお兄様もステファンお兄様もおなじく絨毯のうえでお昼寝したみたい。

起きたらみんなお目めパッチパチだったたから、森で虫取りしたり追いかけっこしたりお相撲したりして夕方までしっかり遊んだんだ。

ヒショチにいるのもあと一週間くらいだけど、とっても楽しくて、お兄様たちはずっといてくれるし、あとはここにお父様がきて別荘をお家にしたらいいのになぁって思ったのだった。

閑話　まわりの人たち３

私はトリアイナ公爵家の別荘のひとつ、主に夏に使用されるここの管理を任されているしがない使用人でございます。帝都での職務を長年果たしたあと、旦那様からこちらの管理をせよと命じていただき、穏やかな日々を過ごしております。

普段は静かなここは、夏の間だけ賑《にぎ》やかになります。

まず帝都から使用人とメイドが増員され、各部屋が整えられます。

今年もぼっちゃま方のお好みの変化に合わせてシーツやカーテン、細かなファブリックまで取り替えられました。ぼっちゃま方になかなか会えない私としては、これだけで大変興味深く、心騒ぐ事態です。特にいちばんお小さいフランぼっちゃまは、お体の成長もあって寝巻きなどが一回り大きいものが用意されており、それを見るだけでも目頭が熱くなってしまいます。

ほかにはリストに沿って食材を手配したり、照明やインテリアに不備がないかを確認したりと忙しいですが、それも公爵家の馬車が別荘のまえに到着すれば喜びに忘れさられるものです。

「長旅おつかれさまでございました。お待ちしておりました」

「ああ、爺《じい》、ひさしいな。変わりないか？」

次男のセブランぼっちゃまはずいぶんとご立派になられました。支えもなく馬車から降りられるお

Akuyaku no Goreisoku no Dounikashitai Nichijyo

姿の優雅であること。またご到着が夜にもかかわらず、一欠片《かけら》の疲れも見せず我々を労《ねぎら》うとはさすが幼少のころから聡明であらせられたセブランぼっちゃまです。

今回の訪問はセブランぼっちゃまとフランぼっちゃまのおふたりでということでしたが、はて、フランぼっちゃまは……。

「フ、フラン、大丈夫なのかい」

「んぬゅむ……」

大柄なメイド、キティの片腕に抱えられているのがフランぼっちゃまだとは不覚にも気づきませんでした。あまりにも自然に持たれていたからです。目を見張る思いですが、ここは静観です。

セブランぼっちゃまはフランぼっちゃまがそうして馬車から運び出された瞬間、ほんの少しビクリと体を揺らし、それからはお部屋までぴたりと寄り添って優しく言葉をかけておいでした。フランぼっちゃまは熟睡されているのか、不明瞭なお声が聞こえただけです。

「キ、キティ。本当にその運び方で問題ないのか」

「はい。ぼっちゃまも納得なさっておいでです」

「な、納得……フランはツラくないのだろうか」

セブランぼっちゃまのお食事や湯浴み、フランぼっちゃまの夜食などの手配をしつつ、私もお部屋の前まで同行します。

自室へは行かずフランぼっちゃまのお部屋に入られたセブランぼっちゃまが、しばらくのあとにお部屋から出てこられました。

「フランは疲れたようだ。もし夜中に起きたときは部屋で食べられるようにしておいて」

「かしこまりました」

弟君のことを思ってか、ちらりと部屋を振り返り微笑《ほほえ》みながら指示をお出しになりました。……ご立派なお姿にまたも目頭が熱くなります。


翌朝、すっかりお元気でお目覚めになられたらしいフランぼっちゃまは、廊下をお歌をうたいながら歩きご機嫌な様子でした。

しかし朝食の席で予定を聞かれた直後、フォークを握ったまままるで石膏《せっこう》のように顔色を白くして動かなくなってしまいます。お口元だけ、なにやらブツブツと呟《つぶや》かれているようではありますが……何事かと肝が冷えます。

「おふろ……ない、さんしゅうかん……おふろ……」

「フラン、去年はボクが清浄魔法かけてあげていたし、日中は湖で水浴びしていただろう？」

いつでも動けるように気を張るまわりの使用人。

そのなか、フランぼっちゃまはセブランぼっちゃまがお話になると、じわじわと動かれて「セブランお兄様、僕およげますか？」と。

これにはこちらが硬直する番でした。昨年の「フランぼっちゃま、湖に敗北し号泣後、大いに落ち込まれる事件」を皆が思い出したからです。ご気分の回復に駆け回った記憶しかありません。

私たちの心配をよそに、午後にも湖へ行かれるお約束をなさるぼっちゃま方。我々にできるのは美味《お》しいお菓子と大セミの抜け殻の場所をチェックしておくくらいですね……。

「はぴゃー！」

湖の浅瀬でフランぼっちゃまがセブランぼっちゃまにしがみついておられます。案の定、全身でぶくぶくと沈んでいったフランぼっちゃまに、キティをはじめ腕利きの使用人たちが臨戦態勢になってます。あるメイドなどは「大セミ、大セミ持ってこなくちゃ」と言ってますが、セブランぼっちゃまのフォローの素晴らしさに私はこれは大丈夫だと確信しておりました。

「いき！　いきできなかったです！」

「そ、そうだね、水のなかでは息をするのは無理なんだよ？」

「おはないたいです！」

「鼻で呼吸したから水が入ったんだね」

理《ことわり》をひとつひとつ教えられ、目をいっぱいに開いているフランぼっちゃまでしたが、

「僕、練習したら泳げるようになる？」

なんと……！　お泣きにもならずなんと向上心のあるお言葉を……！

昨年の惨事を知る者として、このご成長に涙を流さずにはおられません！　ハンカチで目を押さえていると、おふたりで仲良く湖からお出になられました。

お着替えを済ませると、自然とお手を繫《つな》がれました。そして森の中へ遊びにいくことにしたようです。

私は昨年と比較して不思議な気持ちをいただきました。セブランぼっちゃまはもともと思いやりのあ

る方でしたが、大貴族のご子息らしく、昨年まではどこかドライな態度でフランぼっちゃまと接しておられたように思います。手を繋ぐところはほとんど見た覚えがありません。フランぼっちゃまもフランぼっちゃまで、自由奔放な質《たち》のまま、ひとりで行動することが多かったはず。

それがああも自然と、お互いに頼り頼られているとは……。

「トリアイナ家は安泰ですな、旦那様」

このことはしっかりとお手紙に書きましょう。そう決めた私です。

突如として湧き出した温泉を前に床に頭をつけるフランぼっちゃまと、穏やかに慰める兄上様方を見て、私がまたハンカチで目頭を押さえるのに必死になるのは、この数日後のことでございました。

第4章 ほのぼの帝都生活

Akuyaku no Goreisoku no Dounikashitai Nichijo

†お土産コーカン会をふたりでする

泳ぎの練習は毎日してもらえたから、息つぎでお鼻がいたくなるのは三回に一回くらいになったし、なんとステファンお兄様のお手てを離しても沈まないで五十センチはバタ足で泳げるようになった！　すごいですよこれは！

あとは温泉はいったり、みんなで虫取りしてゴンブトムシ捕まえたりしてたらあっという間に三週間がたってた。

ステファンお兄様が帝都にもどってから二日後、僕たちもヒショチから帰ってきた。

ひさしぶりに会うお父様が「少し日に焼けたか！　男らしくなったな！」って言ってくれた。忙しいみたいで僕の頭をポム！　となでたらどっか行っちゃったけど、男らしいって言われてうれしかった。

ステファンお兄様もおんなじでバタバタしててあんまり会えないし、セブランお兄様は一日お家《うち》でおやすみしたあと、次の日からは騎士見習いのお勉強をしに行ったのでお家でひとりになっちゃった。

「さみしいなぁ」

ヒショチではお兄様たちとずっといっしょだったからさみしい。前まではひとりでもたのしかったのに。いまの僕がやることとっていったら、大セミの抜け殻を窓に置いてよく日にあてることくらい。

「……そろそろひっくり返そうかな」

お部屋の出窓に行って抜け殻をコロコロしてたら、扉がノックされた。キティが出てくれるから僕はシゴトに集中できるのだ。

「ぼっちゃま、アルネカ・ノーレ先生がいらっしゃいました」

「せんせぇ？　あれ？　今日はお勉強の日じゃないよね」

「はい。ですが、帝都にお戻りになられたぼっちゃまに土産《みやげ》を渡したいとおっしゃられて」

「！　おみやげ！」

コーカン会しようねって言ったもんね！　せんせぇ覚えててくれたんだ！

せんせぇには庭園で待っててもらうことにして急いで用意する。

おひまだったし、さみしかったからきてくれたのがうれしい！

僕は早歩きで庭園に行ったけど、紅茶を飲んでるせんせぇを見たら足が勝手に走っちゃった。

「せんせえ！」

「フラン様、お久しぶりです」

「ただいませんせぇ。せんせぇ、遊びにきてくれたんだよね」

せんせぇのとなりのおイスをぐいーとひっぱって、ちょっと近づけてからすわる。

「遊び……なのでしょうか」

「今日は授業ないもんね！」

「そうですね。遊びにきました」

「やったぁ！　なにしよう、お相撲する？」

「オスモウ？」

「うん！　あっ、そのまえにお土産あげるね」

「そう、それが本題でした」

せんせぇはテーブルに置いてたツツミを手にとって、僕に見せてくれた。

手のひらくらいの大きさで、キレイな布でつつまれてて中身はわかんないけど、なんか良さそうなやつだ。

す、と寄ってきたキティが受けとって僕のすぐ横で見えるように開けてくれる。

「あー！　アメ！」

なかには色とりどりでカラフルなキャンディが入ってた。

キャンディ、僕あんまり食べたことない！

甘いのがキチョーな国だからサイズはちっちゃいけど、そのぶん果物の形とか動物の形になっててゲージュツセイが高い。

「あー！　すごい！　アメ食べたい！　食べていいですか！」

口の中によだれがジュワワてしちゃう。だれに許可をもらったら食べられるのかわかんないから、全体的にきいてみる。もうすぐ夕食だからダメっていわれたらどうしよう。

「どうぞ。ご遠慮なく」

「せ、せんせぇ。ありがとうございますいただきますっ」

せんせぇが良いって言ったよ！

キティとかが止めないかなってキョロキョロしたけど、お目めがあうメイドたちはうなずいてくるから一個パクンとお口にいれた。イチゴの形をしてたとおもう。

「んぅううう～！　あまいねぇ！」

お口のなかでカラコロころがすと甘くてうっすらイチゴの味がする。目をつむってほっぺにお手てをあてる。お口のなかがとろとろのあまあまでしあわせ……。

「……」

「……」

「……」

最後はすぅーってなくなっちゃった。でもまだお口からはあまい香りがしてる。

僕ははふぅと息をついて、せんせぇに向かって心からお礼を言った。

「せんせぇ、ありがとうございました。とってもおいしいです！」

「そうですか。……よかった、同僚に手当たり次第に聞いた甲斐《かい》がありました」

ホッとしたみたいなお顔のせんせぇ。お仕事のなかまと仲良くなれてるのかな。よかったね！

「それじゃ、つぎは僕のお土産ね」

「はい」

うしろにいたメイドを振り向くと、布のうえに置いたレイのものを持ってきてくれる。

僕はシンチョーに受けとって、壊れないようにそっとせんせぇのまえに置いた。

「大セミの抜け殻です！　いちばんキレイなのあげますね！」

形もかっこよくて大きい抜け殻を置けて、ふうとやり遂げた気持ちになりながらせんせぇを見上げたら、せんせぇは大セミをまばたきもしないでジッと見てた。

……？　あれ、息とまってる？

「せんせぇ？」

シュン！

魔力をのこしてせんせぇが消えた⁉

「えっ、え、しゅ、」

瞬間イドウだ！　透明魔力《ステルス》よりレアなやつ！

あまりにも速い魔法の発動のせいで、ちょっとだけ風がふいたのもすごい！　エリートってこういうことなんだね！

「すごい！　せんせぇすごい！」

パチパチパチと拍手をしたけど、そのせんせぇはとなりにいないっていう。

「どこ？」

キョロキョロってしたら、庭園のバラのそばにシュン！　ってせんせぇがあらわれた。まっすぐに立ってる。ちょっと遠い。

「……取り乱しました。お土産ありがとうございます」

「うん！　あのね、ほんとはゴンブトムシにしようと思ったけど、ゴンブトムシにも家族がいるでしょ？　だからこっちに戻るときにセブランお兄様と『森におかえり』ってしちゃったの」

「良い判断です」

「でも大セミの抜け殻もかっこいいんだよ！　ほら、このウラっかわとか」

シュン！

「せんせぇ？」

そのあとなかなかおイスにすわらないせんせぇが「壊れないように魔法で送ります」って大セミの抜け殻を魔法でお家に送って、やっととなりに戻ってきてくれたんだ。

ヒショチのお話とか、レア魔法のこととかいっぱいお話したから、その日はぐっすり眠れました！

†ひさしぶりに会ったおともだちが出世してた

ほこりでくもってる窓からこっそり外を見てる僕（6歳）です。

いつもの隠し通路を通ってぐずぐずお鼻をすすってたら気づいた。

教会のお外、もめてる。かしこい僕はこういうとき外に出ない。まずは見る。かしこい。

窓枠に手をかけてお顔をはんぶんだけ出して様子をたしかめたら、もめているひとりはトレーズくんだった。大人の人ふたりと強めに言い合ったあと、棒でそのふたりをボッコボコにしだした。

「あ、麩《ふ》菓子みたいな棍棒《こんぼう》やめたんだー」

トレーズくんの体にちょうどよさそうなサイズのふつうの棒使ってる。ふたりも反撃してるけどトレーズくんはヒョイヒョイってよけて、結果、ボコボコのボコ。つよくなったねぇ！

終わったっぽいので教会の出入り口から出たら、トレーズくんが倒れてるふたりのお洋服をあさってた。

「おぉーい！　ひさしぶりぃ〜！」

「うわ!?　おまえ……なんちゅうタイミングで来んだよ」

ビクッとしたけど、駆けよってきた僕を見てため息をついた。

「カツアゲ中？　カツアゲくん、ジョブチェンジしっぱいしたの？」

「カツアゲじゃねーよ！　なまえ！　失敗いうな！　……はあ、おまえと会うと頭がフル回転するわ……つか危ねぇからちょっと向こう行ってろ」

せっかく会えたのにざんねん。でも言われたとおりちょっとだけ教会のほうにもどる。カツアゲくんはなんかしたあと、腰につけてたロープでふたりの手をしばった。手際いーね！

「もーいーい？」

「おう。中で着替えて街に行くぞ。こいつら気絶してるだけだから起きたとき面倒だ」

「はーい」

いつもよりササッとお着替えさせてもらったら街へゴー。

街に行くとちゅうに聞いたらジョブチェンジしっぱいじゃなくて、むしろシュッセしたらしい。みじかい期間になかなか有能ですな。

街はにぎやかで人がいっぱいいいた。前にきた道とちがうところっぽいなー。スラムじゃないところだ。みまわりの兵士の人が多い。

「ちょっとボスに渡すものあるから待ってろ。うろつくなよ」

「はーい」

「遠くにも行くな」

「はーい」

「知らない奴についていくなよ」

「はーい」

「……心配だ。手ぇつなげ」

むむぅ。良いお返事をしたのにこの態度。でもトレーズくんと離れたら帰れないから、手をつなぐのはいいよ！

トレーズくんは街角に立ってるオトナの人に近づいて、さっきのふたりのお洋服から持ってきた布っぽいのをわたした。なんかゴニョゴニョ言ってるけど、僕は初めてのところでキョロキョロしちゃう。

帝都でも場所でふんいきが変わるんだね。なによりいっぽん向こうの通りにあるパン屋さんが気になります！　ほかにも屋台があるし、けっこう人が買いにきてるんだよ！

「おう、待たせた。どこ行きたい？」

気づいたらオトナの人はいなくなってて、トレーズくんだけになってた。ご用事おわりましたねっ？

「パンかってください！」

「パン？　ああ、あれか。よし早めの昼飯にしよーぜ」

「わぁい！」

屋台にはいろんなパンがあったけど、野球のボールみたいなパンを買ってもらった。そんでちょっと歩いたところにある広場にご案内。こんなところあるんだ！

「噴水すごいねえ！」

芝生のまんなかに噴水があって、花壇もあるしベンチもいっぱい。いろんな人がきてくつろいでた。大きい道につながってて貴族もいるし、良いとこの公園だね。

「けっこう金がかかった広場らしいからな。中央の像はむかしの皇帝だってよ。城を見守ってんだってさ」

「へー」

知らないなー。前足あげた馬にのって剣をうえにしてる男の人の石像。ああいうポージングが好きだよね、エラい人って。僕も大人になったらあのポーズしたくなるのかな。

　陽当たりのいいベンチにすわって、買ってきたパンをはんぶんこする。トレーズくんからほら、と渡されたパン。

「こっちおおきいよ。僕、ちいさいほうください」

「いいよ、食えって」

「でも僕もちいさいし、トレーズくんのが体おおきいから、やっぱりとりかえっこしよ。おなかすいちゃうよ」

「おまえ……貴族なのにアレだな」

　アレとは。

　変なお顔したトレーズくんと、とりかえっこしたパン。

「すごいかたい」

「そうか？　柔らかいほうだぞ」

「そうなんだ……」

「で、別荘はどうだったよ。楽しかったか」

　はんぶんこにした中身の少しやわらかいところをむしって食べる。むにむに。……噛《か》めば噛むほど、おいしくなるやつ！

「楽しかったっ。お兄様もきてくれたから泳いだりお相撲したり、お昼寝もしたよ！　あと妖精さんが温泉をプシャーってしてすごかった！」

「お、おお。やっぱ貴族の生活ってすごそうだな。妖精とかわけわかんねーわ」

「あっ、トレーズくんにもおみやげ持ってきたよ！」

「まじかよ」

首からぶら下げた小袋。なくさないように持ってくるのにはこの方法がいちばん。もぞもぞと首元から出して小袋をさかさまにする。

コロンと出たのは真っ白の貝がら。手のひらにのせてトレーズくんにハイって差し出した。

「どうぞ！」

「ありがとよ。貝か？」

真っ白で割れちゃいそうなくらいうすい貝。指でつまんで太陽にすかしてるトレーズくん。

「きれいでしょ！　その貝がらって割れちゃいそうだけど、魔力ですっごく硬いんだって。貝がらなのに魔力持ってるのおもしろいよね」

「な、ま、魔力って！　また貴重なやつじゃねぇのか……っ？」

「うーん。レアだけどゴンブトムシほどじゃないよ。ゴンブトムシは森にもどしちゃった」

「いや、そのムシをまず知らねーから……」

貝はステファンお兄様とみずうみバシャバシャしてたら見つけたやつ。お兄様も「珍しいものを見つけたな」くらいのリアクションだったから、キチョーかどうかわかんないなぁ。

「……そんな思い出もふくめて、俺にくれるのかよ。マジでありがとう。大切にする」

「うん！」

くしゃくしゃって頭をなでてくるトレーズくんを見上げたら、すっごくやさしいお顔してた。えへへ。お兄様みたいだ。

それからトレーズくんに街のつくりを聞きつつパンを食べる。パンの皮もかたいけどおいしい。でもかたすぎてアゴがだんだん痛くなっちゃった。のこったの持って帰ろうかなやんで、隠し通路で落としそうだったからトレーズくんに食べてもらった。

もっといたかったけどお昼すぎるまえに教会にもどる。トレーズくんが縛った二人組がいないのを確認してから、教会のなかでお着替えさせてもらう。

「よし、我ながら着替えさせせんのうまくなったぜ」

「じょうず！」

「おうよ。んじゃ、またな。たぶんつぎは秋だわ」

「そうなの？」

「ああ。じゃーな」

「うんっ！　またね！」

はぁー！　ひさしぶりにおともだちと遊んだな！

†よくわからないけどエラい人の役にたてた

お庭は広い。庭園ほどじゃないけど広い。

お花はわざと自然に生えてるみたいにされてて、お日様もよくあたって気持ちいい。

わかる。わかるよ。でもここは僕のお庭！

「落ち着くな……」

なんで皇子はそんなにリラックスできるの？　いま来たばっかりだし、人んちですよっ。

「兄上とものこのように穏やかにランチをとりたいものだ。近ごろの兄上はとても……いや、やめておこう」

ふぅ……とか言って紅茶を飲んでるのは、うちによく来るラファエル皇子。さいきんはお兄ちゃんの皇子と仲良しになったっぽくてあんまりこなかったのに、僕がヒショチから帰ってきたらふつうにきた。ケンカしたのかな？

「フラン、避暑地での心躍るような話を聞かせて」

きたー！　ケンカしたのかなんなのか知らないけど、皇子はこうやってむちゃぶりしてくる！

くるぞくるぞって思ってたけどいざ言われるとウグッてなっちゃう。でもがんばってトークを探すよ、エラい人には逆らわないのが僕という貴族なのだ。とくに皇子は未来で僕をボコボコにしてくる人だしなるべく良い子でいたい。ボコボコがぽこぽこくらいになるかもしれないもん。

「んと、心おどる……ぁ！　お兄様たちと虫とりしました！　魔法を使う虫なんですけど、セブランお兄様がみつけてくれて、ステファンお兄様が魔法ふうじの魔法かけてくれたから、僕がお手てでパってとったんです！　はじめてとれました！」

「ふぅん……フランは虫取りが楽しいのか」

そうですが!?　そういうお話してって言ったの皇子なのに、すごくフシギそうなお顔してクッキー食べてる！　んもぉおお！　きょうみ……！　きょうみ持って！

「お、お兄様とキョーリョクできて、たのしかったですっ」

ほんとだよ。ステファンお兄様なんてゴンブトムシ見て「おお、格好良い虫だな」って言ってたし！

「……協力か」

ふぅ、ってまたため息。なんなんかなー、どうしたんですかって聞かなくちゃいけないかなー。でもまた「いや、なんでもない。楽しい話をしてくれ」とかゆわれたら僕、あー！　ってなっちゃうかも。皇子のゴエイの人とかつよそうだし、僕タイホされたくない。

「兄上は近ごろ戦争のお話ばかりなさる。わたしはそれを聞くとかなしくなるのだ」

お、おう。じぶんでお話しはじめた。

けど戦争は僕もやだなー。勇者がやってくる戦争だったらもっとやだ。かかわりたくないよぅ。

「国を大きくしたいというのはわかるが、必要でない争いはさけるべきだとわたしは思う」

「はい……」

「ただ父上も兄上も、小さな国は我々にしたがうべきだとおっしゃるし」

「へい……」

「だがそんなことをしては無用な恨みをかうこともあるだろう、それがいつか父上や兄上を傷つけることになるかもしれないと思うとわたしは……」

ボコボコにしてましたね。僕、前世でゲームでやったから知ってるもん。魔王にのっとられたお父さんをボッコボコのボッコボコにしてました！　テテテテーテッテーって勝利の曲がながれたときは大きい盾をキラッとさせてかっこいいポーズもしてたよ。

「……このままでは未来は暗くなるのでは……わたしが、わたしがおふたりをお止めして……」

前世のこと思い出してたら、皇子がうつむいてブツブツ言いだした。今日はなんかネガティブだなーって皇子を見たらお背中から黒いモヤモヤが出てた。

「……え、こわ。皇子、あの、しつれいします」

お背中をナデナデしてあげる。黒いモヤモヤは叩《たた》けばしぬけど、皇子のお背中叩いたらたぶん僕もしぬ。ゴエイの剣とかで。なので、モヤモヤが出てるあたりを重点的にナデナデナデナデ。

「わたしが……わたしが……」

「うーん」

きえなーい。

むむむ、どうしよかな。見ためがアレだし、ノロイだったら消してあげたほうがいいと思うんだけど。妖精の木のモヤモヤに似てるしステファンお兄様なら魔法で消せそう。でもいまはお仕事いってるし……

（あっブローチ）

いつもお胸につけてるブローチ。ステファンお兄様がマヨケしてくれたから、こういうのにもきくかも。

僕はあいたお手てでブローチをぎゅっとして、また皇子のお背中をナデナデ。

「………」

「………」

きえた。二往復のナデナデであっさりです。さすがステファンお兄様のマヨケだね！

満足してムフゥッと鼻息を出したら、猫背だった皇子がスッてキレイにおイスにすわった。

「……なにか、晴れやかな気持ちになった」

空を見て、僕を見た。

なんかちょっとほっぺが赤い。けど笑ってるからご機嫌だよね！

「情けないところを見せた。しかしフランに聞いてもらい、なぐさめられたおかげで、目の前の霧が晴れたような気持ちになったぞ」

「ほむ」

「ふふっ、だれかに撫《な》でられるなど何年ぶりだろう。すこし照れてしまうが、気持ち良いな」

「！　僕もっ、僕もお兄様になでなでってされると気持ち良くてふわァってしちゃいます！」

「そうか。……父上や兄上にも、休息が必要かもしれないな。そうは思わないかフラン」

「そうおもいます」

「よし、話してみよう」

サッと立った皇子のシツジに「ステファンとつなげ」みたいなこと言ってたけど、ステファンお兄様になんかご用事なのかな。

……まさかステファンお兄様になでられたいとかじゃないよねっ？　ステファンお兄様は僕のお兄

様なんだから、皇子のお兄ちゃんになでてもらってって思ったけど、言えない僕。

ステファンお兄様がお仕事でいないってわかって、皇子は帰ることにしたみたい。

サッと立ち上がって、僕の手をとる。

「感謝する、フラン。おまえはわたしの心友だ」

「はへぇ……！」

ニコってして帰ってく皇子。

皇子のおつきの人はニコニコしてたし、うちのメイドたちは皇子が見えなくなったとたん「ようございました……！」「誉れでございますね！」「ぼっちゃまの慈愛が伝わったのでしょう！」とかめちゃくちゃ喜んでた。

……プレッシャー!!

†げんきがいちばん

まだみんな帰ってこない。お父様もステファンお兄様もお仕事だしセブランお兄様は騎士見習いのシュギョー。一週間くらいひとりだから、ちょっとなれてきちゃった。

今日はお勉強もないから朝から木馬で遊ぼ。

お部屋のおもちゃ箱から木馬をとり出した。長い棒のさきに木製の馬の頭がくっついてるやつで、なんかお顔のデザインがゆるい。お口をパカーってあけててニンジンもくわえさせられるけど、いまはなんにもくわえてないから、ゆるさがすごい。

でもお気に入り。

むかしからまたがってたしお顔もかわいく思えてるし、僕の愛馬というやつだ。

「お庭にお出になられますか」

「うぅん、庭園でシチからダッシュツする英雄ごっこする」

「かしこまりました」

庭園のほうが隠れるとこいっぱいだからね。ストーリーにふかみが出るのだ。

木馬をお持ちしますってキティが言ってくれたけど、だいじょぶ。僕の愛馬だから僕が持ってくよ。

棒のところを持って玄関を出ようとしたら、お外から扉があいた。

「やぁ、ただいまフラン」

「………」

「……フラン？」

扉をあけて入ってきたのはセブランお兄様。木馬を持ったままポカンとしちゃった。騎士見習いはまだお泊《とま》りするって……。

「ハッ！」

セブランお兄様と五秒くらい無言で見つめ合ったあと、ダッシュでお部屋に引き返した。メイドがびっくりしてたけど、いそがなきゃ！

おおあわてでお部屋に入って窓際に駆けよる。大セミの抜け殻とは別のところでかわかしてるオレンジのかわ。家庭教師のせんせぃが「これは疲れを癒やしマスよ～」って作り方を教えてくれたやつ。うん、ちゃんとかわいてる！

シェフにほそ長く切ってもらったオレンジのかわを持って、またおお急ぎで玄関にもどる。けどとちゅうの廊下でゆる木馬を持って歩いてくるセブランお兄様がいた！

「ああ、戻ってきた。フラン、たいせつな愛馬をエントランスに忘れていったよ」

「セブランお兄様！　セブランお兄様！　これっ」

「うん？」

「これっおつかれ！　おつかれをとるやつです！　お風呂にポイッてしたら、セブランお兄様はシュギョーしてたから、あ！　お風呂はいりますか!?　僕、僕もごいっしょしたいですっあと、あとお背中ながしますっ」

「フラン、フラン落ち着いて。ほら、まずはおかえりなさいと言ってくれないかい？」

オレンジを受けとってくれたセブランお兄様が、腰に手をあててちょっと首をかしげた。

「……んぁああぁっおかえりなさいセブランお兄様！」

うれしさが体中をわーってした。すごい、すごいすごい！　予定よりはやくセブランお兄様が帰ってきた！　お目めをいっぱいにひらいてセブランお兄様を見上げたら、両手をひろげてくれた。

「んあー！　セブランお兄様だあーっ！」

「っはは、フランは元気だなぁ」

どーん！　ってセブランお兄様にとびつく。もっとおそいと思ってたからうれしい！　セブランお兄様はちょっとよろめいたけど、ギュッと抱きしめてくれた。

「セブランお兄様っ、おかえりなさいおかえりなさい！」

「ただいまフラン。寂しくなかったかい？　フランが屋敷に一人だと聞いて少し早めに帰らせてもらったんだ」

「さみし、さび……ざびじがった、でず……っんぐぅう……っ」

さみしくなかった？　って聞かれたら、なんか急にさみしかったの思い出しちゃった。セブランお兄様の首にぎゅうとして、えりのとこにムイムイとおでこをこすりつける。……セブランお兄様のにおいっておちつくよぅ。

「わ、フラン、急いできたから汗臭いだろう。ほら、お風呂に行こう」

「んぁい。お風呂、いきます」

「ふふ、離れないんだね」

チュっと頭にキスしてくれて、よしよしと頭をなでられてたらちょっとおちついてきた。

セブランお兄様はいったんお部屋で用意してくるって言うから、僕はバスルームのそばでお風呂がちゃんとできてるかなとか、お風呂のあとはおやつの用意してってシェフにお願いしたり、廊下を見たりとかで、そわそわしながらセブランお兄様を待った。

バスルームの扉のところで体をはんぶん出して廊下を見たりお風呂を見たりしてたら、セブランお兄様がやってきた！　なんでか僕を見てちょっと笑ってた。

「待たせたね。さぁ、入ろうか」

「はいっ」

ふたりであさいところのお風呂に入って、セブランお兄様がオレンジのかわをお湯に浮かべた。

「……なるほど。とても良い香りだね、体の緊張がほぐれるみたいだ。ありがとうフラン」

「えへへ。はじめて作ったけどじょーずにできてよかったです」

セブランお兄様とおいしいかおりになって、おとなり同士にすわってあったまる。まだ夏で外は暑いからぬるめのお風呂。ぬるめでもお風呂ってきもちぃ。おとなりにお兄様がいるのもうれしい！

「フランは入浴剤作りのほかには何をしていたんだい？」

「んと、せんせぇたちにおみやげあげて、あとはブランコしたり、じいのところでお花みたりしてました！」

「じい……は、庭師のことかな」

「はい！　このオレンジもじいが作ったやつですっ。あとは、あとは」

あとはなんかあったかなー。

「ラファエル皇子がきたと聞いたけれど？」

「あっそうでした。なんかズーンってしてて、めずらしかったです。でも帰りはげんきでした！」

「ふふっそう。フランに元気をもらえたのかな」

どうかなぁ。皇子はよくわかんないからなぁ。

「セブランお兄様はげんきでしたか？」

お風呂のなかでセブランお兄様のほうをむいて正座する。

セブランお兄様はちょっとお目めをひらいたあと、うーん……と考えこんじゃった。

……シュ、シュギョーつらかったのかな。

しんぱいになって僕がセブランお兄様のお膝にお手てをおいたら、ザバア！　って抱きしめてきた。

「フランのおかげで元気になったよ！」

「んきゅあ！　んひゅふふふっ」

さっき僕がやったみたいに、セブランお兄様が首のとこに頭をむぎむぎとこすりつけてきた！　くすぐったい！

「どうだ、くすぐったいだろう」

「んひゅひゅ！　くすぐったいれす！」

「ふふふ！」

セブランお兄様がたのしそうだと僕もうれしくて、お風呂のなかで頭を順番にぐいぐいしあったのでした！

†おてがみで気持ちをつたえるのもたのしい

鬼ごっこたのしい。いつもはメイドたちとやるけど、今日はセブランお兄様も参加してくれてるから、レベルの高い鬼ごっこになった。朝からやってるのにあきない。

「おまちくださいまし！」

「セブランお兄様がんばれぇー!!」

鬼役のキティがセブランお兄様を追いかける。キティもめちゃくちゃはやいし、セブランお兄様はそれをフェイントしてよけて走るし、僕もほかのメイドたちも逃げないで見ちゃうくらい迫力あった！

ああっつかまっちゃう！

大人と子どもの差！　大人と子どもの差がひどい！

「セブランお兄様ぁー！」

「セブラン様……っつかまえました」

「っく……しまったな」

僕の応援むなしくキティにタッチされたセブランお兄様。やっぱりちょっとくやしそう。

でもしかたないんだよ。鬼ごっこのときのメイドたちは本気でくるから。ぜんぜんセッタイとかしてくれないから。キティが鬼のときは僕なんか「あ、キティがおに」って思ったときにはつかまってるからね。

「よし、では次はボクが鬼だな」

きりかえの早いセブランお兄様がぐるーとお庭を見まわした。それから十を数えだす。

ハッとしたときには僕以外のメイドたちはだいぶお兄様から距離をとってた。

い、言ってよ！　というかシュジンの僕をおいて逃げてるなんてどうかと思うよ……！

ばっちり目が合う僕とセブランお兄様。

「あわわわわわ」

キョロキョロして逃げ道をさがす。ない！　だってお庭には隠れられるとこないもんね！

セブランお兄様が芝生をふむ音がした気がしたと同時に、僕はお背中をむけてとにかく走りだした。

「ほうら、フラン。がんばって走らないと捕まえちゃうぞ！」

「わぁああ！」

セブランお兄様のこわくした声が聞こえて悲鳴がでちゃう。

僕が走ったほうにいたメイドがすごいスピードで逃げてく。迷いがない！　チラッてふり返ったらセブランお兄様がこっちに走ってきてる。む、むりむり！　セブランお兄様走るのはやいのさっき見たもん！

「んぁああ～っ」

隠し通路のときみたいにお目めをギュッとつむってがむしゃらに走る！　見なければないのと同じじゃないかな!?　もううしろに気配感じるけど……！

「フラン、つかまえた！」

「ひゃあああ！　つかまったぁー！」

タッチじゃなくてぎゅっとカクホされて僕、アウト！

「あははは！　へははは！」

「ふふっ、惜しかったね」

ぎゅうとされたままグルングルンされる。ドキドキしたのがたのしいに変わって笑いが止まらなくなっちゃう！　んふふふ！　たのしい！

「さあ、つぎはフランが鬼だね」

「はいっ！　十かぞえるよぉ～！」

鬼になった僕はがんばってメイドにタッチ！　メイドもまたメイドをタッチしてってやってたら、僕、なんかキティに追いかけられてる！

「ひぇー！」

「フラン、がんばれ！　フランはやればできるよ！」

セブランお兄様のおうえんが聞こえたけどキティの足がはやい……！

「も、もうダメー！」

カンネンしてバッてしゃがんだ。息、息がつらいもん！

はあはあしてタッチされちゃうのを待ってたのにキティがさわってこない。

(？)

ぎゅうと丸くなってた体勢からおそるおそる目をあけて見たら、

「……ご無事ですか、ぼっちゃま」

「シ……」

僕のまえに仁王立ちしてる大きい影。

「シェフ!!」

僕をかばうみたいにキティのまえに立ってたのはコックさんのお洋服を着てるシェフ！　なんかキティとボクシングするみたいにかまえてる。

「えっな、なんで！」

「ぼっちゃまの危機に駆けつけました」

「そうなの!?」

びっくりしてシェフを見上げてたら、ぜんぶ見てたセブランお兄様がクスクス笑ってやってきた。

お尻をついてた僕をセブランお兄様がひっぱって起こしてくれる。

「フランは鬼から庇《かば》ってくれる忠義者がいたな。キティ、残念だった」

「は」

セブランお兄様がかるく手をあげて言うと拳をさげるふたり。

「ちゅーぎ……」

「妨害してしまい申し訳ございませんでした」

「良い。フランのために動いてくれるのはボクも嬉《うれ》しい。よくやった」

「ありがたきお言葉でございます」

「シェフ、むざいですか？」

「うん、フランが家臣に愛されている証《あかし》だからね。ボクも誇らしいよ」

よしよしって頭をなでてくれた。

んふふっ褒められた！　理由フメイでも褒めにはすぐに頭を差し出しますよ！　お口をむすんでる

けどニマニマしちゃう。

「料理長、ランチの準備ができたのですか」

「は、キティさま。いつでもお召し上がりいただけます」

結果、シェフはランチですよって呼びにきてくれたみたい。部下の人におねがいしても良いのに、シェフはよく自分で言いにきてくれる。セブランお兄様が帰ってくるまでボッチだった僕を気にしてくれてたんだと思う。ありがたいね！

ランチは庭園にテーブルセットしてあった。

まだ日差しがつよいから、テーブルの横に大きいカサがさしてある。

「フラン、たくさん走ったのだからお水を飲んで」

「はーい！」

おイスにすわるとおとなりにすわったセブランお兄様が清浄魔法をかけてくれる。汗かいてたけどスッキリ！

テーブルのうえにはアップルパイとかシャーベットとか僕の好きなのがいっぱい！　おなかがクゥって鳴っちゃった。

「ふふっ。よく動いたからお腹《なか》が空《す》いたね。ボクもぺこぺこだ。どれを食べようか」

「アップルパイ食べたいですっ」

メイドがササッと切ってお皿にのせてくれた。セブランお兄様にもおなじくアップルパイが出される。

「いただきますっ……んぅううう！　おいしいねえ！」

お口のなかがしあわせでいっぱい！　おいしいし、おとなりにはセブランお兄様もいるし！

ごくんとしてとなりのセブランお兄様を見たらとってもじょうずにアップルパイ食べてた。

「セブランお兄様はあまいのへいきですか？」

「甘いものは好きだよ。とくに我が家のアップルパイは絶品だと思うな」

「僕も！　僕もですっ。あっでもステファンお兄様は甘いのニガテって言ってました！」

「ふふっそのようだね。以前フランが料理長に言っていたのを聞いてしまったからね」

「ステファンお兄様とお父様が帰ってきたらあまくないアップルパイ作ってもらいます！　それでピクニックしましょーねっ」

「ああ、いいね。兄様たちがお戻りになるのは、もしかしたら秋ごろか」

お兄様もお父様もお仕事がいそがしいみたい。ヒショチから帰ってきてからぜんぜん会えてない。

思い出したらなんかシュンとしちゃうな……。なんとなくアップルパイのなかのリンゴをちまちま食べてたらセブランお兄様が「そうだ」って手をパンとした。

「ボクとフランで、ステファン兄様にお手紙を書いてみようか」

「おてがみ？」

「そう。きっとお返事をくださるよ」

「！　おへんじ！」

お返事くれたらさみしくなくなるかも！

セブランお兄様と書いたらぜったいたのしいし、お返事まつのもたのしいよね！　こんなこと思いつくなんて天才かな！　セブランお兄様は天才かな！

ソンケイの目でセブランお兄様を見たらニコッてしてくれた。

ランチをおいしく食べて、午後はおてがみ書くぞー！


おなかいっぱいになったし鬼ごっこしてつかれたから、ランチのあとはお昼寝することにした。

おてがみ書くのは夕方にしようね。

「セブランお兄様、おやすみなさい」

「部屋で寝るの？」

「はい、もうおねむが限界になりましたので」

ぺこりとおじぎ。

よし、お部屋に行こうね。もーすごいねむい。目が勝手につむってきちゃう……キティに運んでもらいたいけど、ごはんのあとはオエッてなるからむり。

ねむい……とにかくねむいよぅ……

お庭からポッテポッテ歩いてやっと庭園から家にはいれた。ここからお部屋までまだまだ……なんで僕の家は広いんだろう。どういうリクツで広くしたの。僕のお部屋がとおい。

「フラン、こちらへおいで」

ながい廊下にゼツボーしてたら、セブランお兄様に呼び止められた。のろのろ～とふり返る。小サロンの扉があいてて、なかに長いソファが置いてあるのが見えた。

「ベッド……」

「そうだね、あそこで寝ても良いよ」

こっちにきてくれたセブランお兄様に手をひっぱってもらって、はじめて小サロンのなかにはいった。セブランお兄様を見上げたら、うんってしてくれたのでソファによいしょと乗ってまるくなる。

横むきで、お膝のあいだにお手てをはさんだら完成。

「おやすみフラン」

「むにゅ……」

ぐっすり寝ちゃった！


「セブランお兄様おねむ……」

僕が寝てた長いソファの肘置きがついてるほうでセブランお兄様が寝てた。

別荘のピクニックでいっしょにお昼寝したけど、ステファンお兄様もセブランお兄様も僕よりさきに起きてたから、こうやって寝てるお顔見るの初めてだ。

ソファに肘をついてほっぺを支えたまま寝てる。

その横で正座して見てる僕。セブランお兄様はすーすーって息してた。僕はときどきお鼻がプーってなっちゃって、それでびっくりして起きるときもあるのに、セブランお兄様は大人な寝方しててかっこいい！

かっこいいなぁってしばらく見てたけど、起こしちゃったらかわいそう。

そーっとソファをおりたら壁際に立ってたキティが一歩まえに出た。「こちらへどうぞ」の合図だな。

　ふり返ってセブランお兄様が寝てるのをカクニン。そろりそろりとキティのところに行ったら、ちいさい机があるのを手で教えてくれた。

「先ほどまで、あちらの机でセブラン様がお手紙を書いておいででした。紙はまだありますのでフラン様もお書きになってはいかがでしょうか」

「ん、やる」

　おてがみ書こう！

　机に行くとキティがおイスを引いてくれる。クッションをふたつおいてもらって高さチョーセツ。いい感じになったらキティに持ち上げてもらって、着席。

　おお……高さぴったり！

「こちらの羽根ペンを」

　僕が勉強のときつかってる羽根ペンを持ってきてくれてた。

　机のうえにはもう一本あるけど、あれはセブランお兄様のなんだね。赤とオレンジと黄色のグラデーションの羽根で高そう。

　僕のはそれよりちいちゃくて、スズメみたいな色してる。前世でスズメ好きだったからお気に入りのやつ。それにインクつけて準備カンリョー。

「じゃあステファンお兄様にかこうね」

　すべすべの紙をいちまいもらって張りきって書きだす。おてがみを書くの初めてだ。前世でも書いたことないや。メールしかしたことない。

現世でも字を習いはじめたばっかりだけど、でも書ける！　自信ありますよ僕は！

「んっんー……えーと、ステファン、お兄様、へ」

ステファンおにいちまへ
げんきですか　さみしくないですか
秋までかえらないっていてきいて　ビックリしました
ぼくは　セブランおにいちまと
いっしょにまつてます
かえってきたら　ピクニックしましょうね
はやく　げんきで　かえってきてくだちい
　　　　　　　　　　　　　　　フラン

「……うむ」

はじめてにしてはカンペキなのでは？

ステファンお兄様の似顔絵もかいておこう。となりに僕とセブランお兄様をかいて完成！

「んっふ！　なかなかにてる……てんさい！」

よし、じゃあつぎはお父様に書こう。

「お父、様へ……」

おとうちまへ
げんきですか　きあいしてますか
いっしょにランチしてなくて
さみしいです
べっそーに　おんせんあるから
いっしょに　いきたいです

フラン

「いいですねぇー」

お父様あてに書いた紙を見て、僕は満足の鼻息をついた。

なんか楽しくなってきたぞ！　もっとおてがみ書きたい！

「んん～」

だれに書こうかなぁ。

皇子……はケイゴできないからダメ。カツアゲくんは住所しらないしぃ。

「セブランお兄様にかこ！　セブラン、お兄様、へ……」

セブランお兄様はお家にいるからさみしくない。だから僕の気持ちを書くことにした。

「……できたぁ！」

「よろしいですか」

「うん、やってー」

インクが乾いたやつから折りたたまれていく。

あれを封筒にいれたら、お兄様とお父様におとどけできるんだよね！

ふとソファを見たら、セブランお兄様が起きてこっちを見てた。なんか楽しそうな顔してる。

「おはようございますセブランお兄様っ」

「おはよう。寝てしまったよ。フランもお手紙書けたのかな」

「はいっ！」

あっ、と思ってメイドを見上げたら封筒にいれたおてがみを一通くれた。

「セブラン様宛のでございます」

「僕がとどけるっ」

おイスからぴょんと飛びおりてセブランお兄様のもとに駆けよった。

「セブランお兄様、おとどけものでーす」

「ふふ、ありがとう。読んでいいかな」

「どーぞ！」

封筒からすべすべの紙を出して、僕のおてがみを読んでくれる。目が動いてるから読んでるのがわかるね！

「……っ、………、」

セブランお兄様のお顔が真っ赤になってく……。僕のおてがみはそんなに長く書けなかったけど、セブランお兄様はお口を手でおおって、何回も読んでるみたい。

おとなりにすわって、読みおわるのを待つ僕。

何周かしたらしいお兄様は、さいごにおてがみにお顔をうめて「ぁー……」て声みたいな息をはいた。

「フラン」

「はい」

「ありがとう、大切にする」

「えへへ」

そうっと抱きしめてくれたから、僕もぎゅうとした。

僕はかっこいいセブランお兄様が大好きだ！

†夏がおわりそうになってるある日

「フラン、今日はお客がくるよ」

「おきゃく」

午前中はマナーのお勉強がんばった。午後はセブランお兄様と遊ぼうと思ってさがしたらサロンで発見。いないなーって思ってたキティもここにいた。

テーブルセットとおやつが並んでる。

ランチはおわったから、おやつの時間にくるのかな。

「僕、お部屋にいるやつですか」

お茶会に子どもは出入り禁止になるのを学習してる。セブランお兄様がお茶会なら、僕はお部屋にいなさいってなるんだ。

ぐむっとお口のなかを噛《か》んでがまん。

「ああ、ちがうよ。今日のはそうではなくて……」

「お話中失礼いたします。ステファン様からお届けものが到着いたしました」

「ステファンお兄様？」

「なんだろうか……ここへ持ってきてくれ」

「かしこまりました」

ステファンお兄様にお手紙を出してから数日。お届けものってなんだろ？

言いにきたお父様のシツジがぱんぱんって手を叩《たた》くと、使用人がでっかい箱をサロンに運んできた。

僕の背と同じくらいでっかい箱は青いおリボンがついててごうか！

なにかなぁ。なにかなぁ？

「この包装はプレゼントみたいだね。フラン、開けてみるかい？」

「いいんですかっ」

箱のまわりをそわそわ歩いてたのを見られてた。でも中身気になるよねっ！

セブランお兄様は笑いながら、シツジからナイフをうけとって、僕に握らせてくれた。僕のお手てのうえからセブランお兄様も握ってくれるから安心。

「リボンに刃を入れて……そう、それで体から向こう側へグイと引けば切れるから」

「やっていいですか？」

「いいよ」

「……えい！」

スイッとなんの抵抗もなく切れるおリボン。……ナイフこわい。

僕の眉毛がさがったのに気づいたセブランお兄様がナイフをシツジに返してくれた。あんな切れ味のいいやつは近くにおいてちゃダメだ。まんがいち勇者が手にいれたら、もうこわいことしか起きないぞ！

「フラン。さあ、リボンを引っ張ってごらん」

「あ、あい！」

目のまえでピラピラしてる切れたおリボン。端っこを持ってひっぱったらするすると箱からほどけて、おリボンのなくなった箱はぱかーと展開図みたいにあいた。僕たちのせいでこっちの面が倒れないから中身が見えない。

僕とセブランお兄様がうしろにさがると、そこもゆっくり倒れてやっと中身が見えた。

「あ!? あーっ! すごい! ひゅわー!」

僕の目がまんまるになっちゃう。

だって青い馬の大きいぬいぐるみが二匹! どっちも乗れそうなくらい大きいのが出てきたんだ!

「すごい! すごいですね! おおきい!」

「これは……本当にすごいね」

セブランお兄様が箱のなかの封筒に気づいて中身をあけた。

「……なるほど。ケルピーのぬいぐるみだって。ボクとフランにくれたようだよ」

「ぎゅっとしていいですか!」

許可が出たので手前のケルピーに抱きつく。ケルピーは足をぺたんとさせてるから抱っこにちょうどいい。水色の体はやわらかくてふわふわだ! 引きずっちゃう大きさだけど、その大きさももうかっこいい!

「好きなほうをフランの子にしなさいね」

「セブランお兄様は? セブランお兄様はどっちが好きですか!」

「どちらも好きだよ」

「んむむ」

二匹とも似てるけど、ちょっとだけ色がちがう。いま僕が抱っこしてるのはお空の色だけど、奥のケルピーはターコイズブルーって色だと思う。ちょっと緑っぽくてキレイな海の色。

「……僕、こっちにします！」

空色のケルピーにきめた！

「そう？　では僕はこちらのケルピーをもらうね」

セブランお兄様がよいしょと抱っこすると、ケルピーがちょっと引きずられる。やっぱり大きいね！

「はい！　僕のケルピーは僕がうす味が好きだからうす色してて、そっちのケルピーはセブランお兄様の魔力の色してるから、きっとステファンお兄様もそっちがセブランお兄様にって思ったとおもいます！」

「……ボクの魔力の色か。ふふ、そう考えてくれたのなら嬉《うれ》しいね」

「はいっ」

「そうだ、フラン。こちらのカードはステファン兄様からフランへのお返事のようだよ」

「おへんじ……！」

封筒にはいってたカードをもらった。

おてがみのおへんじがとうとうきたのか！

メッセージカードをもらって文章に目をおとす。……ふむふむ、なるほど。

「フランってとこしか読めないです」

「えっ。……ああ、フランにはまだ少し難しい文章かもしれなかったね」

「はい……」

「これはね『愛するフランへ。フランの心からの手紙に胸を打たれた。近くにいられない私の代わりに勇敢なるケルピーがおまえを守護するはずだ。ステファン』と書いてあるよ」

「はへぇ」

頭いい人の書く文章だ！　習ってない字が書いてあったとは……でも初めてのおへんじ。読めなくてもとってもうれしい。ケルピーごと抱きしめる。あとで宝箱にいれておかなきゃ！

「セブランお兄様のは？　セブランお兄様のカードにはなんて？」

「え、ボクのかい？　ボクのも、その、フランと同じで勇敢なるケルピーをって書いてあったよ」

「？　お顔赤いです」

「そ、そうかなっ？」

「…………」

「……兄としてフランをよく守っていると、ほ、褒めていただいた」

「わぁ！　褒めてもらったんですか！」

「……うん。嬉しいね」

「褒められるとわーってなりますよね！　僕もよくなります！」

「ふふ、そうだね。フランは素直でそこが美徳、とても良いことだと思うよ」

「んへへ……」

急カーブで褒められた！

ケルピーをぎゅむぎゅむしちゃう。

「ご歓談中失礼いたします。お客様がお見えになりました」

シツジが言いにきて、ハッとした。

そうだ！　お客さんくるって言ってたんだった！

サロンをパパッと片づけたら、お客さんがやってきた。

ぞろぞろとサロンに入ってきたのは僕と同い年くらいの子どもと、

「ブル様！」

「やあ、ひさしぶりだねフランくん。息災なようだ……ネ！」

前髪ふぁさぁ！

ブル様が前髪をゆうがに払ってこちらにくると、セブランお兄様とハグ。そのあとは僕のお手てにキスしてくれた。

「ブルクハルト、いつの間にフランと仲良くなったんだ？」

「お茶会のときにちょっと……ネ！　それより紹介させておくれよ」

えへへ、お茶会のぞいてたのはヒミツだもんね！

僕にパチンとウインクしたブル様は、いっしょにきた子たちに手をむけた。

入り口のところにならんで、キンチョーしたお顔でポーズを決めて下を見てるふたり。

だれかな、だれかな？　というお顔をしてますが、お部屋にもどるタイミングなくしてほんとうはあせってる僕です。ケルピーだけは先にお部屋に帰ったんだけど、あのとき「お片づけしますね」ってキティが言ったときにいっしょに帰ってれば……！

どうしようとセブランお兄様を見上げたらニコッとされた。お背中にやさしく手をあててくれてから、ちょっと屈《かが》んだセブランお兄様が耳元でこそっとしゃべった。

「フラン、皆に言葉をかけて」

「ことばですか？」

「そう。お顔をあげてって言うんだよ」

お顔をふたりのほうにもどして、言われたとおりにお口を動かした。

「お顔をあげて」

僕が言ったらふたりともお顔をあげたけど、のち、直立。

子どもなのにわりと動きがそろってるのがすごい。おーってなる。なるけど、……こっち見て動かないよあの子たち。

困ってセブランお兄様を見たらまたコソコソって教えてくれる。

「執事を見て、うなずいて」

シツジを見てうなずくと、シツジがふたりに「お名前を」と言った。あっなんか知ってる。このピタゴラスイッチみたいな変なごあいさつシステム、お父様がやってたの見たことあるぞ。

「グリュー シート侯爵家四男、ハーツでございます！」

いままで直立してた子が急にしゃべりだしたからビクッとしちゃった。なんでか僕のこと見てる。

えと、グルーシーさんちのハーツくんでいいのかな。

（……あれ？　僕、ハーツくんって知ってる気がする）

なんだっけ？　ううーん。首をひねってたら、そのとなりの男の子もごあいさつをはじめた。

「リ、リピード伯爵家六男、サガミでございます！」

ぽっちゃりの男の子。あれえ。この子のことも知ってる気がするなぁ。なんだっけ、なんだ……

（……ひょろひょろハーツとぽっちゃりサガミ！）

ゲーム『アスカロン帝国戦記』で僕の仲間だった子だ！

悪役令息の僕にくっついてるハーツとサガミ。イベントで僕といっしょになって勇者をあおるくせに、なぜか戦闘になるといなくて、僕がまけたら「おぼえてろ！」って言って僕を回収する係だった子たち。最終戦では僕をおいて逃げてたっけ……。

「フラン、彼らはフランの友人候補だ。お父様が選んでくださったそうだよ」

「おともだちですか？」

セブランお兄様が言うには、お父様が僕のおてがみを読んで、さみしくないようにっておともだちを探してくれたんだって。むむぅ。おへんじくれればよかったのに。

でもそっかぁ。こういう感じでハーツくんとサガミくんと知り合ったんだね。

「あっそれならじゃあブル様も!?」

「フフン、ボクは橋渡し役としてお役に立てればと来ただけだよ。トリアイナのアップルパイが恋しくて、という本音はヒミツなのさ」

「アップルパイ！　シェフのアップルパイはとってもおいしいですよ！」

「わかるよ、すっかりファンになったから……ネ！」

僕、シェフのアップルパイを褒められるのうれしいんだよね！　だってほんとうにおいしいんだ！

うれしくなってブル様とサロンのテーブルにつく。僕とセブランお兄様はおとなりで、おむかいにブル様。

テーブルのうえには僕の好きなおやつがいっぱい！

早く食べたい！　ってフォークをとろうとして気づいた。ふたりがきてない。バッとふり返ったらハーツくんとサガミくんは入り口のところに立ったままだった。

「ふたりもおいでーアップルパイ食べよー！」

はよはよ！　急《せ》かすみたいに手をぱたぱたしたら、早足できてブル様のほうにすわってくれた。でもまだキンチョーしてるみたい。前世を思い出してる僕にはわかるよ。初めてのお家《うち》ってキンチョーするよね！　しかも僕のがエラい。エラい人とのごはん……うん、ジゴクかも。せめておいしかったって思って帰ってもらいたいな。

「あのね、これはね、僕の好きなクッキーなんだよ。それで、こっちはスコーン。クリームつけたらおいしいよ。でもいちばんおいしいのはアップルパイだから、いっぱい食べてね！」

いっこずつ指さして教えてあげる。

「は、はい」

おへんじするけど、フォーク持ってくれない。そんなに？　そんなにキンチョーする？　サガミくんはぽっちゃりなんだから、おイスにすわったときには食べてるくらいのイメージなのにな。

「あっキライなのがある？」

「めっそうもございませんっ」

「ぜんぶおいしそうです！」

「でしょー！」

うむうむ！　ってしたのに、ぜんぜんフォークを持たないふたり。おなかいっぱいなのかなぁ？

「フラン、フランがまず食べてごらん」

「……あ！」

家庭教師のせんせぃにならったのを思い出した。こういうときは、エラい人から食べないといけないんだ。

ハッとして僕はナイフとフォークを握る。メイドに切りわけてもらったアップルパイにプスっとして、お口にいれてもぐもぐ。

「……んく。おいしい！　ね！　こうやって食べるんだよ」

「は、はい！」

ハーツくんとサガミくんもアップルパイを食べる。モグモグしてごくん！　ってするのをじーっと見ちゃう。どう？　どう？

「お、おいしいです」

「さいこう、です！」

「ねー！」

おいしいってゆわれると、僕が褒められた気持ちになった。ムフーッてなった僕は、ほかにも僕が好きなおやつをどんどんオススメする。

「これね、クッキー！　あれはマシュマロ！　このふたつをいっしょに食べるとすごいんだよ！」

「すごいのですか」

僕がオススメするのを真剣なお顔で聞いてくれるのもうれしい！

ふたりにあれこれと食べさせてたら、セブランお兄様とブル様がニコニコして見てた。なんかこそこそーってお話してる。

「ボクの橋渡しは不要だった……ネ！」

「フランに良い友人ができそうで安心した」

よく聞こえなかったけど、いまはハーツくんとサガミくんにおやつのおいしいやつ教えてあげないと！

「アップルパイはおかわりあるからね！　あ、紅茶たりてるっ？」

「だ、大丈夫です。……フラン様はおやさしいですね」

「おやさしくて、おやつもおいしい」

ポツリとふたりがつぶやいて、やっとすこしだけ笑ってくれた。

笑ってくれて、僕は、現世はちゃんとおともだちになれたらいいなあって思ったのだった。

閑話　まわりの人たち4

細い川を隔てた国境。

粗暴な亜人たちと暮らす隣国との境であるここを護《まも》るのは、帝国において重要である。

「だが陣を敷いては……」

建前は川の氾濫の工事だが、本音は小国を飲み込むための準備だ。あちらも警戒しているようで、近くの村に兵士が集められていると斥候から報告があった。

街やスラムから募った者に工事をさせてはいるが、その工事に見合わない兵士の数がいるのだ。警戒されて当然だ。

「トリアイナ少尉、トリアイナ閣下がお呼びとのことでございます！」

「わかった」

ハッ！　と敬礼し、私が歩きだすとキビキビとした動きであとにつく兵士。全身に緊張を張りめぐらせた動きはこちらまで疲れてくる。

（弟たちに会いたい）

歩幅のちいさい末の弟と穏やかに微笑《ほほえ》む次男を想《おも》う。

夏は湖でよく遊んだ。フランはほんの少し泳げるようになり、そのことをずいぶん喜んで私になんども礼を言っていたな。

『ステファンお兄様のおかげです！　すごいです！　僕、ほんとにうれしい！』

満面の笑みをむける弟を思い出すだけでストレスが融《と》けるようだ。フランは川遊びも好きかもしれないな。セブランは泳げたはずだから、浅い川ならこんど三人で遊べるだろう。

気温の下がる秋になる前に帰れたら良いのだが……。

つらつらと考えていたら兵舎についていた。

川沿いを護るリピード領に建てられた簡易の兵舎だが、住み心地は悪くない。

父上の部屋は廊下のいちばん奥にある。うしろについていた兵士が私が来た旨をつたえるとすぐに許可が出た。

「失礼します。父上、お呼びでしょうか」

入室すると仕事机についている父上が鼻をかんでいた。父上は何事も大きい方だからか、鼻をかむ音すら豪快だ。

「来たかステファン！　セブランたちから手紙が来たぞ！　すぐに読みなさい、元気になる！」

父上の部下からトレイに載せられた手紙を差し出された。

とりあえず会議用のソファにすわり、添えられたペーパーナイフを封筒に差し入れる。視界の端にうつる父上も手紙を読み……鼻をかむを繰り返しているな。風邪だろうか。

封筒をひらき、なかの手紙を取り出すと二枚入っていた。

一枚目はセブランからか。

尊敬するステファン兄様へ、から始まり時候のあいさつと近況の報告が続くが、全体からは私への気遣いが読みとれた。フランと過ごす日常も綴《つづ》られていて、知らず顔がゆるんでしまう。

なるほど。これは元気が出るな。

テーブルに置かれた紅茶を飲み、もう一度セブランの手紙を読み返す。綺麗《きれい》な字だ。男らしいとは言えないかもしれないが、真面目なセブランらしい字だと思う。

「ふう……」

帝都で暮らすふたり。私はこのような遠くに来てまで何をしているのだろう。無意味な戦争の火種をつくるためか？　皇帝はなにを……。頭をふる。帝国のやり方に疑問はあるが、きっと何かしらのお考えがあるのだ。

「こちらはフランからだな。……フ……っ！」

もう一枚の手紙を取り出して開く。目に飛び込んできた文面に思わず噴き出しそうになった。

大きく大胆で自由を感じる文字、そして手紙の半分を使い人らしき三人がくっついている絵。おそらく私達三兄弟の絵だろう。大きいのが私か？　中くらいの人物はセブランで、この小さいのがフランか。手紙に絵を描くものなど初めて見た。しかし……可愛《かわい》らしいと思う。

バランスという考えはなさそうな、だが、丁寧に書いただろう文面に目を通す。

「………」

なぜだ。顔と目が熱い。推理するよりもはやく顔が天井をむいた。おかげで涙を落とすことはなかった。

「トリアイナ少尉、こちらを……」

部下がチリ紙をそっと置いてくれる。私はそれを使って鼻をかんだ。ああ、父上がこちらを見ている。

「泣けるだろう！　そして元気になるだろう！」

「……はい」

父上に泣き顔を見られるのは何年ぶりだろうか。恥ずかしいと思うが、父上の目も真っ赤なのに気づいて少し笑ってしまった。

私が来たときには父上はいったい何回手紙を読み返していたのだろうか。ふふ、よく見れば父上の鼻が赤い。

フランの手紙をもう一度ゆっくりと読み返す。やはり顔が熱くなる。そしてセブランの手紙とともに封筒に入れ直し、懐にしっかり仕舞い込んだ。

「父上、緊急で手配したいものができましたので、これで失礼させていただきます」

「うむ！」

頭を下げて辞去し、すぐに自室にもどる。帝都のおもちゃ屋に依頼書を書かなくては。弟たちを護りさみしさを紛らわすならアレがいい。色は指定できただろうか。それに返事もつけたい。


憂鬱な気分がぬけた私に、予想外の刺客がくるのはこの日の夜。フランとそう変わらない年の子供は利発そうな、しかし妄想に囚《とら》われた子供だった。奇《く》しくも私の部隊しか目撃者がいなかったためその子供は村へ帰したが、教育が行き届かないのは不幸だとあらためて思う事件だ。

そしてその二日後に一部の兵士によって不本意な戦いが始まるのだが、この時の私には知る由もなかった。

第5章

すこし不穏な帝都とおおむねしあわせな僕

†ピンとくる人とこない人

ステファンお兄様が帰ってきた!

深夜に帰ってきたっぽくて、朝、なんにも知らない僕が食堂に行ったらふつうに朝ごはん食べててびっくりした。

「ぁ、ば……あえー!?」

「おはようフラン。帰ったぞ」

「おかえっおかえりなさいステファンお兄様!」

ひさしぶりに見たステファンお兄様はなんか大きい気がしてまじまじと見ちゃう。目が離せないままキティに手を引かれてセブランお兄様のおとなりにすわる。あまりにもステファンお兄様を見てたからセブランお兄様に笑われた。

「フラン、お口が開きっぱなしだよ」

「んあっセブランお兄様! ステファンお兄様が帰ってきました!」

「ふふ、そうだね。お怪我《けが》もなくご無事にお帰りになられたよ。嬉《うれ》しいね」

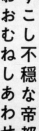

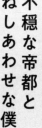

「はい！　ステファンお兄様、おかえりなさい！　今日はおやすみですかっ？」

おやすみだったら今日はごいっしょできる！

期待をこめて聞いたらステファンお兄様の眉がしょぼんとした。

「いや、報告をしに午後は城に行かねばいけない」

「そうですかぁ」

「だが明日は休みだ。家でゆっくりしようと思っているぞ」

「！　やったぁ！」

明日は休み！　それなら今日はステファンお兄様とお話しできただけでごきげんになるよ！　僕はにっこりして朝ごはんが食べられた。今日もアップルパイがおいしい！

「ステファン兄様、父様はまだお戻りにはならないのでしょうか」

「ああ。今回、私たちの様子を見にいらしたあとは山に行くとおっしゃられすぐに出立してしまった。そのまま国境を周ってくるようだ」

んむ？　このアップルパイ、お肉がはいってる気がする……もう一口食べよう。

「国境の山といえばエルフがいたのでは？　根回しでしょうか」

「おそらくな。しかし我が父上ながら凄い行動力だ。兵のあいだでは自由すぎてドラゴン閣下と呼ばれているらしいぞ」

「ふふっ」

やっぱりお肉だ！　バッとシェフを見たらニコッとしてきた。

く……っ、セブランお兄様とステファンお兄様がたのしそうにお話してるから今は大きい声出せないとわかってるなっ？

ぐぬっとしてたらこっそりシェフが近づいてきたので思いを伝える。小声で。

「んも……んもーっまたお肉いれたでしょ……！」

「はい、この度はお疲れであらせられるステファン様にも精をつけていただきたく、アップルミートパイにしてレーズンも入れてみました」

「あっほんとだ、なんか実がはいってた。すっぱめ……！」

「レーズンは血が強くなりますので。さらにディルも使っております」

「ふ、ふくざつなお味にしてる⁉　でもお兄様のため……」

ステファンお兄様のためってゆわれたらしかたない。ディルとかよく知らない葉っぱは何味かもわからないし。

ステファンお兄様を見たらふつうの感じでお肉入りアップルパイを食べてた。セブランお兄様なんかは「あ、これ美味《おい》しい」とか言ってるしむしろお好きみたい。

「……ランチはアップルパイにしてねっ」

「かしこまりました」

すすす、とさがるシェフを横目にお肉入りアップルパイを食べる。

もっぐもっぐ噛《か》んでたら、ステファンお兄様が僕のほうを見てきた。

「フラン、セブランからの手紙で読んだが先日ラファエル様をお慰めしたそうだな。臣下として素晴らしい行動だ、偉かったな」

「！　えへ、えへへ」

とつぜん褒められた。

「どのようにしたのだ？」

「ふゅあっ？」

「リオネル様も最近は気が立っておいでで、周りの者もなんとかお慰めしたいとやってはいるのだが効果がないのだ。参考のため、兄にやり方を教えてくれないか」

「やり方」

やり方って言われても、皇子はよくわかんないからなんで元気になったのかわかんない。いつもムチャブリしたあとはひとりで元気になってるイメージ。

「うーん、あ！　しあわせなお話してってゆわれたから、ステファンお兄様とセブランお兄様と虫とりしたお話をしました！」

ピンときてなかったけどね！　ぎぃぃ。

「虫取りか……」

「んー、んと……あとはラファエル様のお背中なでなでしました。なんかモヤモヤしてたから、パッパッてしました」

「もやもや……？」

「パッパッ……？」

お兄様たちが首をかしげてくる。でもそれ以上の説明がむずかしい。どう言うの？　サッサッのほうがいい？

「んんぅーあ！　ステファンお兄様のこのマヨケをギュッてしたら、すぐにモヤモヤはなくなったんです！」

いつもお胸につけてるブローチを見せたら、ステファンお兄様がハッとした。

「……まさか呪詛《じゅそ》か！」

「そんな、皇子に……っ？」

なんかふたりとも唖然《あぜん》としてる。それからガタッと立ち上がって、それぞれのお付きの人を呼ぶ。

「フラン、急用ができた。私が帰るまで屋敷から出ずに待っていなさい」

「ステファン兄様、ボクもご一緒いたします」

「助かる。迅速に動くぞ」

コクっ、コクっ、てうなずき合ったお兄様たちはすごい早さで食堂を出ていっちゃった。

ポカンとする僕。お、置いていかれたんですね……？

せっかく帰ってきたのに、すぐ行っちゃうとは。しかもセブランお兄様まで。

「……んぐゅぅー！」

お仕事だってわかるけどかなしい！

フォークをぎゅっとしてたら、シェフがふつうのアップルパイをすごい勢いで持ってきてくれた。

メイドたちはなんでか狼《おおかみ》とケルピーのぬいぐるみを持ってきてスタンバイしてる。

そんなんでゴマカされる僕じゃないぞ！

そう思ってたけど、お昼にはお庭でぬいぐるみを横においてアップルパイ食べてた。

いいもん、僕にもお仕事があるんだからね。ぬいぐるみをお日様にあててフッカフカにするんだから。

ぬくなったぬいぐるみをポシポシ叩《たた》いて午後のヒマをつぶすのだった。


どこだどこだ。

庭園を一生けんめいになって卵をさがす。いつもやってるけど今日は気合いが入ってるよ。なぜならおともだちをごしょーたいしたからね！

「あるうー？」

「ないですぅー！」

「ないですー！」

よつんばいで庭園をゴソゴソしてるのは、僕とハーツくんとサガミくんの三人。

お兄様たちがいなくなって二日。おともだちと遊びたいなーって思ったけどどうやってお家《うち》に呼ぶのかわからなくて、朝ごはんのときにキティに相談したらお昼にはふたりが遊びにきてくれた。そんなシステムなんだね。

きてくれたからにはいっしょに遊ぼう！　ってなって卵さがしをしてる。

「あとふたつだよ」

「ふたつですねぇー」

「ふたつ！」

いままで卵をよっつ見つけててあとはふたつだけ。木の枝とかはちゃんと見たから、のこりはぜったい木の根元にあると思うんだよね。

で、僕がはじめによつんばいになって探してたら、ハーツくんとサガミくんも地面に手をついてキョロキョロしてくれるようになった。ふたりのお付きの人がびっくりしてたから、なんかふつうの貴族はこんなカッコしないっぽい。コーリツいいのに。

「あっ！　ありました！」

ハーツくんが赤い卵を見つけたみたいだ。ぺたんと地面にすわって、両手で持った卵を見せてくれる。

「おおーおめでとー！」

「ハーツさますごい！」

僕とサガミくんもいったんすわってパチパチ拍手。ハーツくんはお顔をまっかにしてお口をムニムニさせてる。うちのメイドが差し出したカゴに赤い卵をそうっといれてた。

「あといっこだよ！」

「はい！」

「ひとつ！」

うむ！　と三人でうなずきあって、よつんばいになる。

ゴソゴソ……ゴソソソソソ！　この体勢にもなれてきて三人ともちょっと移動スピードがあがってるのだ。

あといっこ！　あといっこ！

ムチュウになってさがしてたらゴチン！

「ぺう!?」

「はぐ!?」

きゅうに頭がぶつかってビックリしたら、すぐまえにサガミくんが両手で頭を押さえてた。

「あ、サガミくん」

「フ、フランさ」

「ゴッチンしちゃったね～」

「申し訳ございません！」

イテテだねーって言うのをかき消す勢いでサガミくんとこのメイドたちがババッと土下座した。サガミくんもビクッとした僕と大きい声におどろいてキョロキョロしたあと、ハッとして土下座。

「もっもうし、わけございませ、フランさま！」

ええっそんなに？　そんなにあやまること？　でも僕おこってないよ。変なところに温泉をドーンとさせたことにくらべても、ゴッチンくらいゼンゼンたいしたことないよ！

でもハーツくんも地面にすわってお顔を青くしてるし、どうしよ。

「ん－……いいよ！」

「えっ」

「僕もまえ見てなかったもん。ごめんね！」

「フランさまぁ……！」

サガミくんの頭をなでてたらサガミくんがベソっとした。僕、イシアタマだから痛くないんだよ。サガミくんのが痛かったよね。ごめんごめーん。

なでなでしてたら落ちついたみたいでお鼻をすすったサガミくん。お顔をあげてなにかゆおうとして、あっと僕のうしろを指さした。

「フランさま卵です！」

「えっあ！　ほんとだ！」

木の根元にきいろい卵！

僕とサガミくんはお顔を見合わせて、ふたりできいろい卵のところに行く。

「フランさま、とってください」

「サガミくんが見つけたやつだよ」

「な、なかなおりに……」

「！　仲なおり！」

なるほど！

ナットクした僕は卵をゲット。それを見てニコニコしてるサガミくんのお手てをとって卵をのせた。

「ふたりのやつね！」

「……はいっ」

「フランさま、サガミ、すごいですね！」

ハーツくんが全力で拍手してくれた。

それからお洋服についた草とかを三人でおたがいに取り合って卵さがし終了！　卵はシェフがクッキーにしてくれて、ハーツくんとサガミくんが帰るときにプレゼントできた。

「ハーツくん、サガミくん、またあそぼーね！」

「はい！　ぜったいに！」

「またおさそいください！」

玄関までお見送りに出て、ふたりの馬車にばいばーいって手を振ってたら、遠くからわが家の馬車っぽいのがこっちに走ってきてるのが見えた。

「あっお兄様たちかも！」

ね！　ってキティを見上げたらそうですねって言ってくれた。

じゃあこのまま待ってようね！　お兄様におかえりなさいってできるもんね！


わくわくして待ってたらやっぱり家の馬車だったみたいでお家に入ってきた。

ギョシャが扉をあけたら中からステファンお兄様とセブランお兄様がおりてきた！

「ステファンお兄様、セブランお兄様っおかえりなさい！」

思いきりごあいさつしたら、馬車からさらにもうひとりでてきた。

フードをかぶってる。僕が街に行くときみたいな、お顔がわからないやつ。ステファンお兄様が奥のお部屋にごあんないしていっちゃった。

「フラン、ただいま」

「セブランお兄様おかえりなさい！　お客さまですか？」

「あー、うん。あとでフランもごあいさつするのだけど……なにか見えたかい」

「？　お顔も見えなかったです」

「ああ、そうだよね」

頭をなでられた。

それからなぜかお着替えしなさいってゆわれたから、ちょっと高いお洋服にお着替えして、セブランお兄様といっしょにステファンお兄様のお部屋に行くことになった。

「来たか」

ステファンお兄様にごあいさつしようとしたら、ソファにすわってたフードの人がとつぜん立ち上がり、

「………オマエたちのような関係は幻想だ！　というのはうそだ！　いや、ウソだ！　嗚呼《ああ》ッ……！」

叫んだあとはドカッとソファにすわりお顔をおおって泣きだした。なんか情緒がだめそう。

さり気なく一歩うしろに下がったら、セブランお兄様が僕のまえに立ってくれた。ステファンお兄様も困ったお顔で僕を見てため息をつく。

「フラン、この方はラファエル皇子の兄上。我が国の皇太子であらせられるリオネル様だ」

「ふあ!?」

ステファンお兄様にそっとフードをとられたイケメンは、お耳から黒いモヤモヤを出してた。

お耳から黒いモヤモヤを出してるリオネル皇子。大きい耳当てつけてるみたい。

「フランどうだ、なにか見えるか」

ステファンお兄様が眉をよせて僕に聞いてきた。

おこたえしたいけど、正直に「皇子さまの情緒とお耳が変に見えます」ってゆったら皇子さまに怒られると思うんだ。でもほかにマイルドな言い方わかんない。

思わずまえにいたセブランお兄様のお洋服をにぎったら、振りむいたセブランお兄様がしゃがんで僕の肩を抱きよせてくれた。

「フラン、さきにボクにだけ教えて?」

ナイス! セブランお兄様ナイスです! 伝言していけばいいもんね! セブランお兄様にお顔を近づけてこそこそナイショのお話。

「あの、皇子さまはなんか、なんかダメそうに見えます」

「……そうだね、あれでもかなり落ち着いたのだよ。ほかに気づいたことはある?」

「んと、黒いモヤモヤをお耳から出してるのは……あえての? あえてのやつですか?」

大人はあれがかっこいいとかなの?

セブランお兄様を見上げたら、セブランお兄様も眉をぎゅっとしてた。

「お耳……フラン、リオネル様のお耳から黒いモヤモヤが出て見えるのだね?」

「はい」

「わかった。フランはキティの後ろにいなさい」

ゆわれた通りキティのスカートのうしろに隠れる。ちょっとだけお顔を出してお兄様たちをカンサツ。

セブランお兄様がテーブルをまわり込んでステファンお兄様のとこへ行った。ステファンお兄様のお耳を手でおおってナイショのお話。僕のゆったことイイカンジにつたえてくれてるといいなぁ。

お話を聞いたステファンお兄様がセブランお兄様にひとことだけ聞いた。

「両耳か」

「おそらく」

うむ、とうなずいたステファンお兄様はおもむろに両手に魔力をネリネリしだした。そしてリオネル皇子のうしろに行くと、

「リオネル様、失礼いたします」

その手で皇子さまのお耳をふさいだ。ぴったり黒いモヤモヤのところだ！　しつれいしますで済む!?　あんなのステファンお兄様めちゃくちゃ怒られるよう！

「つが！　ぁアアーっ！」

あばばばばっどうしよう！　黒いモヤモヤが消えてってるし、ステファンお兄様は皇子さまのお耳をガッチリキャッチしてる！　だいじょぶ？　僕いまはんざいの瞬間を見てない？　でも見ちゃう。僕ってヤジウマしちゃうところあるから！

ハワワってしてたら、叫んでたリオネル皇子が「あ」のお口のまま天井を見て止まった。

「……リオネル様」

「………」

「………」

「……ステファン、助かったぞ」

ふーっとリオネル皇子が息を吐いた。ステファンお兄様もセブランお兄様も、キティもほっと息を吐いた。僕はまだドキドキして見てる。

「リオネル様、どこか不調はございませんか」

「ない。幻聴も幻覚もすっかり消え……目の前の霧が晴れたようだ。……心配をかけたな」

「っ……ようございました」

ソファにもたれてステファンお兄様と和やかにお話ししてたリオネル皇子がふいに僕のほうを見た。

キティのスカートに埋もれてた僕はビクッとして、でもエラい人にはごあいさつしなきゃいけないから、おそるおそる前に出た。

「ステファンの弟よ、名は」

「トリアイナ家のさんなん、フランです」

「フランか。ずいぶん怯《おび》えさせたようだ。こちらへ」

ふへぇ、呼ばれた。

リオネル皇子はステファンお兄様のこと怒ってなさそうだし、だいじょぶ、かなあ。

テーブルをはさんで前に立ったらニコッとされた。黒いモヤモヤもなくてふつうに笑ってると、ふつうのイケメンだね！

「フランよ、助かった。おまえの〝目〟のおかげで気味の悪い呪詛を退けられたぞ。感謝する」

ソファに座ったまま、リオネル皇子が頭を下げてきた。

「リオネル様ッ」

「よいのだ。……プライベートだしな」

頭をあげたリオネル皇子はフフと笑ってる。僕はポカンとして見てるしかできないけど、なんかお役に立てたんだね！

そのあとお洋服の宝石にステファンお兄様のマヨケ魔法をかけてもらって、リオネル皇子はお城に帰ることになった。ヒミツでお城から出てきちゃったんだって。

玄関までみんなでお見送り。

馬車にのるまえに、リオネル皇子がふり返って僕に聞いてきた。

「フランよ」

「はい」

「ラファ、いや、おまえくらいの年齢はどうしたら兄を許す」

「はひ……？」

「兄が心から後悔していたとして、許したくなるのはなんだろうか。参考までに聞かせておくれ」

どんな設定のお話です？？

でもこんなムチャブリには慣れてる。なぜならリオネル皇子の弟によくやられてるからね！

「んと、ちゃんとごめんねってして、ギュッとして、チュウしてくれたらいいよ！　って言います！

僕、お兄様たちにギュッてされるのがいちばん好きです！」

「ぎ、ぎゅ、……か」

「はい！　大好きってゆわれるのも好きです！」

コホンコホンッ。

ステファンお兄様とセブランお兄様が同時におせきをしたから、見たらお顔が赤くなってた。

「リオネル様、そろそろ戻りませんと。セブラン、フラン、私はリオネル様をお城までお送りしてくる」

「お気をつけてお帰りくださいませ、リオネル様」

「あ、ああ、世話になった」

皇子さまを押し込むみたいにして閉まった馬車はすごい勢いでお城に帰っていっちゃった。

あわただしい皇子さまのホーモンとキタクに唖然《あぜん》としてたら、セブランお兄様がお茶にさそってくれた。

セブランお兄様のお部屋でおとなりにすわってお茶とクッキーを食べる。うむうむ、落ち着いてきたぞ。

「セブランお兄様、黒いモヤモヤはだめなやつですか？」

ステファンお兄様が消したらリオネル皇子はふつうになったもんね。僕のスイリではあのモヤモヤが原因だ！

「ああ、呪いの一種のようだ。解呪も患部に当てないと効果が薄いことがさっきわかったね」

「ふへぇ。じゃあ皇子さまはステファンお兄様に呪いなくしてもらったんですね！」

さすがステファンお兄様だ！

「ふふ、そうだね。それでねフラン。じつはその黒いモヤは〝魔力が見える者〟にしか見えないようなんだ」

「？」

「フランは見えるみたいだから、見えたらそこには近づかず、ボクかステファン兄様に言うんだよ」

「みんなに見えないんですか？　セブランお兄様も？」

「そう、見えない。だから見つけたらすぐにボクたちに言って。約束だよ」

「はい！」

フラグ！　フラグの匂いがする！　こうやって念をおされるときってアブナさそう。

僕、これでも悪役だからどこで呪われちゃってもおかしくない。「力が欲しいか……」とか言われて呪われるヒーローとか前世でいっぱい見たもん！

黒いモヤモヤが見えたらぜったいムチャしないぞって決意する僕なのだった。

†贈り物をつくろう！

つぎの日は朝からお勉強して、ランチはハルトマンせんせぃとセブランお兄様と食べることになった。お庭にテーブルをセットして、サンドイッチとかケーキとかをおしゃべりしながら食べるんだ。

「フランの勉強は進んでいますか」

「ハイ！　フラン様はとても熱心にお勉強してマスよ。ちょっとだけなら外国語もお話しできマスね。フラン様！」

「ご、ごあいさつはできます！　Guten Tag せんせい！」

「Guten Tag フラン様。すばらし〜！　完璧デス。これなら王国で誰とでもごあいさつできマスね」

「えへへ」

「王国語はもっとも使う外国語だからね、発音もキレイにできていて偉いぞフラン」

「ふへへへへ！」

せんせぃとセブランお兄様に左右からほめられる。お勉強がんばってよかった！

ごきげんでアップルパイを食べる僕。いつもおいしいけど、みんなで食べるとアップルパイはすごくおいしくなるよね！

もっぐもっぐしてるとセブランお兄様がせんせぃに話しかけた。

「以前、フランに花束を作らせてくださったのはハルトマン先生ですよね？」

「Ｏｈ！　そうデス。お兄様がいなくて寂しいと泣いていたときのデスね！　受け取られマシタか？」

「ええ、とても可愛《かわい》らしい花束でした。私は押し花にして部屋の額に飾っています。弟に愛らしい贈り物をご教授くださり、ありがとうございました」

「ワオ！　イタミ入りマス！　フラン様も、よかったデスね！」

「はいっ」

セブランお兄様、お部屋にかざってくれてるんだって！　うふふっうれしい！

ニコニコしてセブランお兄様を見たら、セブランお兄様も笑ってくれた。

「それでね、フラン」

「ぅはい」

「フランはボクとステファン兄様にお花をくれたし、ステファン兄様はボクとフランにぬいぐるみをくださった」

「おそろいのです！」

「ふふっ、そうお揃《そろ》いの。だからね、ボクもステファン兄様とフランに贈り物がしたいと思うんだ」

「ステファンお兄様と僕にですか！」

なにそれすごくうれしい！

セブランお兄様からのおくりもの！

「それから……父様にも」

「お父様！　お父様もがんばってますもんね！」

「んん、そうだよね。……ハルトマン先生、お知恵をお貸しくださいませんか。フランも。なにが良いと思う？」

ちょっとだけ困ったお顔してセブランお兄様が聞いてきた。

「僕、セブランお兄様からおリボンいただきました！」

「ああ、夢見の魔法をかけたリボンだったね」

「いい夢見ました！　ありがとうございましたっ」

あらためてお礼をゆったら、頭をなでてくれた。

「そうだ。セブラン様、フラン様、よければポプリなどはいかがでショウか。簡単に作れるし日持ちしマス！」

僕たちを見守ってたせんせぃがポンと手を叩《たた》いた。

ポプリ？　ってなんだろ。

「好きな香りの花やフルーツをかわかして袋に入れたものデス！　服に入れておけば抱きしめたときに良い香りがしてハッピーになりマス！」

「なるほど。植物を乾燥させる魔法ならボクができるし、今日中に作れそうだね」

「つくりたいです！」

「オーケイ、お手伝いしマスね！」

サクサク決まったお父様とステファンお兄様へのプレゼント作戦はランチを食べたらケッコウだ！

急いでランチをおえて、まずは庭園でお花さがし。いい香りのやつがいいんだって。僕、庭園で卵さがしとかやってるから、いい香りのお花いっぱい知ってるんだよ！

よく見るムラサキ色のお花にお顔をくっつけてくんくん。これだ！

「セブランお兄様っ、これもいい香りのです！」

「ラベンダーか、いいね」

セブランお兄様もしゃがんでラベンダーにお鼻を近づける。「いい香りだね」って言ってくれて、数本とってメイドのカゴにいれた。

「ローズマリーもいいかな」

「合うと思いマスよ」

「うん」

せんせぃも協力してくれて、お花がないけどいい香りの草とか木も教えてくれる。庭園をはんぶん歩いただけで、カゴの中はいっぱいになっちゃった。

いちど家のほうにもどって、庭園のテーブルにとってきた草花を並べた。

「いっぱいとったねぇー！」

「見た目にも美しいな」

バラみたいにゴーカなお花じゃないけど、ちいさいお花も集まると可愛いね！　セブランお兄様が風魔法で乾燥させたら、色がこくなって、可愛いけどかっこよくなった。

「よし、ではフラン。ステファン兄様と父様のためにポプリを作るぞ」

「はいっ」

ここからがダイジな作業だ。

メイドが持ってきたちいちゃい袋に、セブランお兄様とえらんでいれていく。「これはいっぱいほしいです」とか「この香りは少しだけがいいかな」とか、ちゃんとギンミしてえらんだよ！

お花でぱんぱんになった袋。セブランお兄様に「フランがリボンの色をえらんで」って頼まれたから真剣にえらぶ。

やっぱりステファンお兄様の魔力の色がいいかな。お父様は赤！　これは間違いない。とかじっくり数分は考えて、決めた水色と赤色のおリボン。

セブランお兄様がそのおリボンでポプリの袋を結んでくれて、できあがり！

「できたー！」

「できたね」

ふたりでお顔を見合わせてニコッとしたら、せんせぃとメイドも拍手をしてくれた。

「フラン。フランにはこれを」

「ポプリ！」

いつの間につくってたのか、セブランお兄様が僕用にもうひとつのポプリを渡してくれた。おリボンの色は金色だ！　かっこいい！

「ボクの好きな香りを入れたんだ。フランが気に入ってくれると嬉しいよ」

僕は袋をお鼻にあててスーって息をしてみる。さわやかで甘くていい香り！

「ありがとうございますっ！　大切にします！」

うんって言ったセブランお兄様が頭をなでてくれた。


「おはようフラン」

食堂の扉をあけたらステファンお兄様がいた。

皇子さまを送ってお城に行っちゃってから数日。まだ何日か帰ってこないと思ってたのに！

「おびゃっ……おはようございますステファンお兄様！」

「ふふ、元気だな」

「よかったね、フラン。ステファン兄様が行ってしまったあとから、次はいつステファン兄様に会えるかとしきりに言っていたんですよ」

たしかにセブランお兄様とお茶をするたびにゆってた僕です。ちょっと恥ずかしい。ステファンお兄様もそうか、とか言ってセブランお兄様とめちゃくちゃやさしい顔で見てくる。

お兄様たちはもう食べおわるところみたいで、紅茶とデザート食べてた。

「あっ！　そうだ！　セブランお兄様！」

ハッとしてセブランお兄様を見たら、うんってしてくれた。うしろを向いてキョロキョロしたら、セブランお兄様付きのメイドが手招きしてる。駆けよって、レイのものをもらい、セブランお兄様のところへ。

セブランお兄様も立ち上がって、僕とふたりでステファンお兄様の横に立った。

「なんだ、ふたりで何か企んでいるな？」

ステファンお兄様がおもしろそうに聞いてくる。

「ステファン兄様、ぬいぐるみありがとうございました」

「ありがとうございましたっ」

「これはボクたちからの贈り物です」

「どうぞ！」

僕の両手にポプリをのせて差し出す。

ちょこんとのったポプリを見て、すぐに僕とセブランお兄様を見返したステファンお兄様はお目めを大きくして、お口もちょっとひらいてた。それから、ありがとう……って呆然《ぼうぜん》としたみたいにゆってくれた。

計画どおりにできて、僕とセブランお兄様はこっそり笑い合った。

ステファンお兄様をびっくりさせることができました！

†まっくろくろになってる人がいた

黒いモヤモヤが呪いだってリカイした僕、６歳。

目のまえには呪いが大きすぎて真っ黒になっちゃってる騎士の人。

「セブラン様とフラン様でいらっしゃいますね、トリアイナ閣下がお呼びです」

「うそだー!!」

ぎゃん！　と叫んでキティのうしろに隠れる。

メイドに呼ばれてきてみたら、黒いモヤモヤでモジャモジャになってる騎士の人が馬車でお迎えにきてた。

こんな、こんなわかりやすいワナってあるっ？

フラグには気をつけるぞって決めたばっかりだし、僕はキティのスカートにお顔を埋めてワナが帰るのを待つのだ。

「フラン、もしかして何か見えるの」

いっしょにいたセブランお兄様が真剣なお顔で聞いてきた。そうだ、呪いが見えたら言ってねってゆわれてたんだ！

「セブランお兄様、セブランお兄様、あの騎士の人、まっくろくろです……っ」

「ま、真っ黒。呪いはどこから出ている？」

「ぜんぶ！　モジャモジャですっ」

「そ、そう」

コソコソと真っ黒なのを教えちゃう。

あんなに黒いのにやっぱりセブランお兄様にも、メイドたちにも見えてないみたい。

ステファンお兄様はもうお仕事に行っちゃってる。どうしよう。帰ってきてくださいってゆえばいいかな？

ぐぬぬって考えてたら、セブランお兄様が騎士に近づいた。

「ほんとうに父の使いなのか、魔法で調べても良いですか。簡単な方法で、体に害もありませんので」

「はっ！　かしこまりました！」

そんなんあるんだーって見てたら、ビッ！　と敬礼した騎士の腕にセブランお兄様がお手てをあて、もう片方のお手てでステファンお兄様がくれたマヨケの指輪をおおった。セブランお兄様はそのまま風魔法を騎士に向ける。やさしい風がフワーッと吹いて、騎士の人から呪いがはがれて消えちゃった。……これはたぶんマヨケのやつだ！

「おおー」

「フラン、どこかに残りはあるかい？」

「んと、んー、あ！　右のおなか！」

おなかからモヤモヤ～ってしてる！

ゴホーコクしたら、セブランお兄様は指輪をはめたほうの手で騎士の右側のおなかを「失礼」と言って払った。

「……なくなりました！」

「よかった」

ホッとして騎士から一歩さがったセブランお兄様。騎士の人は目をあけたまま寝てるみたいな感じ。動かない。

僕はキティのうしろから飛び出して、セブランお兄様に抱きついた。

「セブランお兄様っセブランお兄様っだいじょぶですか！」

「ああ、フランのおかげだ。解呪魔法もステファン兄様の力をお借りできるしね」

ボタンでできた指輪を僕にむけて笑ってくれる。

なんでもないよってお顔だけど、呪いで真っ黒な人に魔法かけにいくのってこわいよ。僕なんか、こわいから近づかなかったのに……！

「ううぅー！」

「ど、どうした。フランには怖すぎたか？」

「僕もっ……僕もセブランお兄様おまもりする！　つぎはおまもりします……っ」

お兄様のお胸にぐりぐりって頭を押しつける。セブランお兄様は一瞬ポカンとしたけど、そのあとはなにも言わないで頭をなでてくれた。

「……申し訳ございませんっ!!」

ガンッて音がして、見たら騎士の人がお膝をついて頭を下げてた。グーにした手も床につけてるから、ガンッて音はぶつけた音かなぁ。

セブランお兄様が騎士のほうをむいて、真剣なお顔。

「正気に戻りましたか」

「……っは！」

「どのような状態だったか説明できますか」

「は！　トリアイナ閣下よりおふたりの案内を仰せつかりました！　車内にて閣下の説得にご協力いただくよう、勅命……いえ、指令……いえ、いえ……」

「聞こえていたのは幻聴ではありませんか」

頭をぶんぶんと振ってた騎士が、ア！　ってした。あわー、ほんとにゲンチョーに命令されてんだ。それで言うこときいちゃうってすごい。呪いって命令がじょうずなのかな。

セブランお兄様がおちこんでる騎士になんかいろいろお話してる。

がぜんヒマになる僕。

もうおやつ食べにいっていい？　ってキティを見たら首をふられた。

「旦那様がお呼びなのは真実のようでございます。ご出立の準備をいたしましょう」

「そうなの？」

ぜんぶウソだと思ってた。

いっかい部屋にもどってお外に出る用のお洋服にお着替えさせてもらう。

玄関に帰ってきたらセブランお兄様もお着替えしてきてて、馬車のまえにはキリッとした騎士の人。さっきまで真っ黒だった人だ。ふつうになって良かったね～って馬車に近づいたら、

「フラン様、わたくしのことは疑わしくご不信でしょうが、閣下のところまでお送りすることをお許しください！」

「ビャ!?」

馬車のまえで九十度におじぎしてきた！

ビクッとする僕。動かない騎士。な、なに、きゅうにどうしたの。

「……へ……」

「ここで証《あかし》を立てろというのなら直《す》ぐにいたします！」

「い、いい！　信じるよお！　お父様のところまでぶじに送ってください！」

「ハ！　命にかえましても！」

ざ！　と敬礼された。

なん、なんなの、体育会系なの……？

敬礼ポーズのまま動かない騎士から目をはなさないようにして馬車にのる。……よかった、またなんか言うかと思った。

セブランお兄様ものってきてちょっと笑ってた。

「呪いをといてみれば、良い騎士だったね」

「はい」

御者のとなりにすわった騎士の号令で、馬車がゆっくり走りだした。

ガラガラガラガラ。

お父様のところまで馬車でむかっています。

王都の街中を馬車で移動するのひさしぶり。僕、教会に行くときくらいしか街にこないから。

（あ、パン屋さんだ！）

トレーズくんにおごってもらったパン屋さんをはっけん！　今日もこんでるみたい。わかる、あそこの野球ボールみたいなパンはクセになるやつ。

「フラン、もう少しお顔を離して。そんなに面白いものでもあったのかい？」

セブランお兄様に笑われちゃった。窓にべったりしてたせいで揺れるたびにおでこがゴンゴンあたってるのを見られてた。はずかし。窓にくっついてて冷たくなったおでこを手で押さえながらおイスにちゃんとすわる。

「お店やさんがいっぱいありました！」

「ああ、ここらへんは市民の台所と言われているからね。みんなここでランチや夕食を買うそうだよ」

「だいどころ。みんなシェフみたいにごはん作らないんですか？」

「半々と聞いたことがあるな。ボクも実態を見たわけではないから、どのようなものを食べているかはわからないけれど」

セブランお兄様、貴族だもんね！

お腹空《なかす》いちゃったかい？　って聞かれて、すいてないけどクッキーは食べられますってゆったらキティがクッキーくれた。やったー。

ちょっとしたらでっかい門をとおった。しょみんの人がいなくなって騎士の人がたまに歩いてるくらい。ガラガラーって馬車が奥のほうに行って止まった。目的地についたみたい。

騎士がノックして扉をあけてくれて、先におりたセブランお兄様が支えておろしてくれる。

「おしろ?」

「お城だね。フランはくるの初めてだろう」

「はい!」

大きいねー!

お城ってゴーカなイメージだったけど、おりてすぐにある入り口は僕のお家の裏口ににてる。石でできててややジミ。でもあとはお城のほうが大きくて、前世のゲームで見たのに、いま見たほうが迫力がすごい。かっこいいね!

「ご案内いたします」

入り口にいる兵士の人に騎士の人がなんか言ったらなかにはいってよくなったみたい。

セブランお兄様のあとにつづいて、石の廊下を歩く。廊下の布のかざりとかヨロイとか見ながら、ポッテポッテ歩いてたら黒いモジャモジャはっけん! ふつうの騎士の人といっしょに歩いてきてる……!

「!!」

ちょっと小走りしてセブランお兄様に駆けよる。なにかしてきたら僕がセブランお兄様をまもる!

「フラン?」

「モヤモヤ、まっくろくろの人がいました……っ」

「……そうか。いまは目を合わさずに、ボクについて歩くんだ」

「はい」

退治しなくていいみたい? よい呪いがあるのかな。見ちゃダメって言われたから、キンチョーしながらすれ違う。

……んはっはっは！　いのちびろいしたなモジャモジャめ！　良い子ですごせよ！

なんにもされなかったし目も合わなかった！　遠ざかっていくモジャモジャを見送ったけどドキドキしてたのはナイショだ。

「こちらでございます」

みんなが止まったから僕も止まる。

このお部屋にはいるのかな？　って待ってたら、急に中から扉があいてビックリした。

「セブラン！　フラン！　きたかッ!!」

「ぅわ！」

「へきゅぁ！」

大きい声で名前を呼ばれてガバーッて抱きしめられた。

「よく来た！」

「と、父様」

「お父様っ！」

「息災だったか！　飯は食べているか！」

お父様は力持ちだから、僕とセブランお兄様を持ち上げちゃう。それでそのままお顔をすりつけてくる！　くすぐったい！　でも会えてうれしくて僕もギュッとするからもっとくすぐったくなった。

「んひゅふひゅ！」

「と、父様、落ち着いてください、フランもっ」

ひさしぶりのお父様にぐいぐいくっついたあと、僕とセブランお兄様は部屋のソファにおろされた。お父様はおむかいのソファにすわった。はじめてくるトコロだけど、たぶんお父様のお仕事場だと思う。キョロキョロしてたら、中にいた騎士の人が紅茶とクッキーをおいてくれた。

「ありがとー」

さっそくクッキーを食べる。あ、シェフが作るのとちょっとちがう。これはこれでおいしい！

「いっぱい食べて大きくなれ！　フランはちょっと大きくなったか！」

「ぅあいっ」

「うむ！　セブランもたくましくなった！　息子の成長とは嬉《うれ》しいな！」

「は、さようでございますね」

あ、お父様テキトーにセッタイされてる。お父様がまんぞくそうだからいいかな。

星型のクッキーの角をぜんぶかじってたら、セブランお兄様が紅茶を一口飲んでお話ししだした。

「父様。お呼びと伺いましたが、まさかフランのことでしょうか」

「うむ！　ステファンから改めて事のあらましを聞いたぞ！　よくやった！　〝目〟については教会にもいまから協力をあおぐ！」

「教会に……そのことですが、じつは迎えに来た騎士が」

「ぬ！　まさかそちらにもか！」

セブランお兄様とお父様がお仕事のお話をしだしたっぽいので、僕はお部屋をながめることにした。

「あ、おはな」

ずっと前に僕があげた花束がガラスのドームに入って仕事机のうえにあった。

「閣下は保存魔法をかけさせて、大切に眺めておりますよ」

紅茶をいれてくれた騎士の人が教えてくれた。

昨日も夜おそくにお城に帰ってきていちばんにお花をカクニンしてたんだって。

「えへへ、うれしい。あ、あとねポプリっていうのも作ったんだよ。でも持ってくるの忘れちゃいました……」

「お家へ帰ったらぜひお渡しください。閣下もお疲れのはずですので」

「うん！」

騎士の人にかまわれてたら、扉をノックして男の人たちがはいってきた。

僕とおなじく魔力が見えるタイプの教会の人たちなんだって。どんなふうに呪いが見えますかって聞かれたから、窓から外を見て黒くなってる人を指さして教えてあげたら「少々確認してまいります」って言ってどっか行っちゃった。

ちょっとして戻ってきた教会の人はドヤ顔してたから、なんかだいじょぶそうって思った。

†お城の呪いと皇子兄弟

お父様のお部屋にもどってきた教会の人のなかで、すこしエラいっぽい神官さんがひとりだけ知らない人をつれてきた。ついてきた人は庶民の人の服を着てた。お仕事の途中みたいでなんかカゴとか布巾とか持ってる。

「フラン様、この使用人は呪われていますか」

一歩前にうながされて出た。うつむいてる使用人はちょっと黒いモヤモヤがお背中から出てるけど、それよりめちゃくちゃ奥歯かんでる……！　怒ってる、怒ってるよ！

「フラン、何かわかるか！」

「お背中が呪いになってます」

みんなは背が高くて使用人のお顔が見えないみたい。そうか！　とかやっぱりとか周りの人がよろこんでるけど、はよ！　はよなんとかしなきゃ……！　かれの奥歯が……っ。

「トリアイナ閣下、こちらで解呪魔法を使ってもよろしいですか」

「よい！」

「では解呪の浄《きよ》めを……」

そわそわしてる僕のまえで連れてきた神官さんがゆったりとおいのりのポーズで魔力を出す。魔力はふわ～と使用人を囲んで、ちょっとしたらモヤモヤはなくなった。

「いかがでしょうか、フラン様」

ふう……ってやりきった顔して神官さんが聞いてくるけど、お背中にはまだ黒いのがニョロッとある。そう伝えたら、使用人のお背中をじっと見て、こんどは患部に手をあてておいのり。

「い、いかがでしょうか」

ちょっと自信をなくしちゃった神官さんに言われたから、使用人のまわりをぐるりと回る。ついでにコソッとお顔もチェック。

「ぅと……ん！　だいじょぶです！」

呪いもないし奥歯かんでない！

神官さんにむかって両手で大きく丸をつくってみせる。僕を見てちょっとビクッとした神官さんはそのあとお胸に手をあてて笑ってくれた。

それ見てニコッと油断してた僕の頭がモヌュ！　と大きいお手てにつかまれる。

「よくやったぞ！　フラン！　がんばったな！」

いつの間にかお父様がうしろにいて頭をくしゃくしゃになでて褒めてくれた。お父様は力がつよいから僕の頭を中心にぐらんぐらんにゆれちゃう。

「えへへへ」

もっと褒めてほしくてお父様のお手てに頭を押しつけたら、両手でモッニュモッニュになで回してくれる。ほっぺごと揉《も》まれてきもちいい！

「んへへへへふひゅふふふっ」

「うむ！　うむ！」

「と、父様、そのへんで。フランの顔が外にお見せできない状態ですから……」

セブランお兄様がとめたのでなでなで終了。騎士の人たちはなんか壁を見てた。ぼんやりしてた使用人はお顔をあげて気まずそうにしてる。

神官がコホン、と咳《せき》をして使用人にむきなおった。

「さて、気分に変化はありましたか」

「は、はぁ、いえ、あるような……」

「発言があなたの今後に不利益にならないことを教会が約束しましょう。重要なことですので、どうか詳しく説明してください」

「……はい。あの、最初連れてこられたときは、仕事中なのにやっぱり貴族は傲慢だなって思っていたんですが」

すごい。包みかくさないのすごい！

僕がびっくりしたくらいだから、ちらっと見たまわりの騎士の人も眉をぐぬっとしてた。

「ですが、神官様にご祈祷《きとう》いただいたあとはスッキリとした気分です。なぜあんなにも、その、貴族様を憎んでいたのか……なんというか我ながら不自然なほどの悪意だったと思います。ご無礼を申し上げて申し訳ございませんでした」

頭をさげる使用人。

うつむいてるお顔もちゃんとごめんなさいのお顔だ。奥歯かんでない。

セブランお兄様が神官さんといっしょにジジョーの説明をして使用人は帰っていいよってなった。

ペコペコしてお部屋を出てく使用人にバイバイしてたらお父様に呼ばれた。

「フラン！　呪いが黒いモヤに見えるのだったな！」

「ぅあい！」

「神官！」

「はい。私どもには透明な湯気のように見えております」

へぇ、そうなんだ。

「ですので、目を凝らさなくては芯部が判明しづらく……。ただ患者を見つけることは可能です」

「うむ！　見つけた者は集められるか！」

「使用人たちはどうにか。しかし騎士は所属が分散していますので、一所に集めるのは困難ですね」

「父様、ステファン兄様からお聞き及びかと思いますが、ことは御方方《おんかた》にも波及しているやもしれません」

「うむ！　悩ましいな！」

お父様にお名前を呼ばれたからピシっとしてたけど、僕へのご用事はおわったのかな。オトナのお話し合いの時間になってるみたいだ。

ひとりでソファにもどって、クッキーのつづきを食べる。

案内してくれた騎士の人が会議にさんかしないで立ってたから、クッキーのお皿を持っていってどうぞってした。

「いえっ私は仕事中ですので！」

「んと、僕と仲なおりしてください！　どうぞっ」

おむかえの馬車にのるときケーカイしてごめんね！

「仲、仲直りですか……あれは私が」

「あとね、いつもお父様をおてつだいしてくれて、ありがとうございます！」

「なんと……恐れ多いことです、フラン様。クッキー、有り難くちょうだい致します」

「はいっ」

騎士の人が一枚クッキーをとって食べてくれた。仲直りできたよね！　ごくんとした騎士は、僕を見て笑ったけどなんか泣きそうな感じ。にがいところあったかな。

「……なぜあんなにも争いを望んだのかわかりません。思い返せば私の他にも気が立っている騎士がおります。もしも呪いのせいならばはやく治ってほしいです」

「ん、そうだね。ステファンお兄様の魔法でビューンてできればいいのにね」

「城内でのむやみな魔法使用は禁止されておりますから」

「キンシされてるの。さっき神官さんがしちゃったの、おこられちゃう？」

「か、閣下は治外法権なところがありますので……」

「ちがほ……？　そうなんだ」

僕はうむうむとなんかそれらしくうなずいて、騎士の人とまじめなお話ししたなーって満足してたら、お父様たちがワッと声をあげた。

「なるほど！　聖女か！」

「良いですね、もう内定は出ていますから」

「皇室へはトリアイナ少尉から伝手《つて》を」

せ、聖女って聞こえましたが!?

僕の手からクッキーのお皿が落ちたけど、それは騎士がギリ受け止めてくれた。

聖女さまがくるかもしれない！　うぅぅーボコボコにされちゃうぅ。良い子になるようにがんばってますって言ったら見逃してくれるかな。

まえに見たことある聖女さま（仮）の様子を思い出す僕。

（……お話きいてくれなさそうだったね）

騎士の人がキャッチしてくれたクッキー皿をながめるしかできない。

ゼツボーとはこのことなのか……。

「フラン、そろそろ帰ろうか。フラン？」

お話し合いがおわったセブランお兄様がこっちにきた。

「セブランお兄様」

「うん？」

「聖女さまは、聖女さまはもうきますか。僕、心のじゅんびがまだです……」

「ああ、聞いていたのか。聖女指名はすぐにはできないんだ。予定を早めるにも準備があるし、どんなに急いでも年末になるようだよ」

年末！　年末まで僕はエンメーしたんですね！

ショウソ！

「ふふっ目が輝いたね。聖女指名が楽しみなのかな」

「教会にも話しに行かねばな！　セブラン、フラン、父は送れぬが気をつけて帰れ！」

「はい、父様もお気をつけて」

「お父様、おきをつけて」

僕たちにうむ！　としてお父様が神官さんたちを連れてすごい勢いでおでかけしてしまった。騎士の人があわてて追いかけてる。あの人にも「おせわになってます！」ってごあいさつしたほうが良かった気がする。

案内の騎士の人が家まで送ってくれるって言って、僕とセブランお兄様がお城を出ようとしたら、赤いお洋服の騎士が早足で近よってきた。

「トリアイナ公のご子息、セブラン様とフラン様とお見受け致します。我が君がお呼びでございます。どうかお越しください」

「その制服は……謹んでお伺いいたします」

セブランお兄様がなんか真面目なお顔でおへんじしたから、僕も合わせて頭をさげる。案内の騎士の人もピシっとして動かない。

そのあとは赤いお洋服の人について、階段のぼったりおりたりして、けっこう歩いた。たまに早足したからつかれちゃったな、って思ったところで目的地についた。


お父様のお部屋とはちがって、白くてきれいな壁と金色でキラキラさせてる扉。お花もたくさん飾られてて、僕のお家のサロンのところみたい。

扉をあけてもらってお部屋に入ったらすぐにセブランお兄様が僕のお背中をそっとタッチして頭をさげたから、僕もおじぎしておく。

ツヤツヤな床を見てたらパタンて扉がしまって声がかけられた。

「セブランとフラン、よく来た。こちらに来て席につきなさい」

あれ、知ってる声。セブランお兄様にまたお背中に合図してもらってお顔をあげたら、ゴウカなお部屋のゴウカなテーブルに知ってる人がふたりいた。

「フラン、ひさしいな。早くこちらへ！」

弟のほうの皇子がつよめに言ってきた。声張るのめずらしいなって思うけど、僕はエラい人のゆうことは聞きますので。

おたんじょうびの席にはリオネル皇子がいて、そのななめ横に皇子がいる。僕とセブランお兄様ははじっこにすわった。

ふたりとも黒いモヤモヤは出てないな。よかったねーってテーブル見たらすごい！　テーブルのうえのおやつがすごい！

あのまるいのなんだろ、はじめて見た！

「城に来ていると報告があってな、ち、ちょうどお茶をするところだったのでラファエルとおまえたちを呼んだのだ」

「おっ、お呼びくださり光栄です、兄上」

「あ、ああ、そうか」

皇子さまたちがおしゃべりしてるのをジャマしないようにして、でもそわそわしてリオネル皇子が食べるのを待つ。

あっあっ、食べましたね！　いまなんか白いクッキーみたいの食べましたね!?

セブランお兄様を見たら、ちょっとうなずいてくれた。

となりにいるメイドにはじめて見た丸いお菓子をおねがいして取ってもらう。

ナイフで切ったら中からクリームがトロ～って……

「んゅ……っシュークリーム……！」

現世で見たことなかった！　こんなところで出会うとは！

感動してぷるぷるする。フォークで食べるととってもおいしい……！

「んぴゅー……！」

感動でさけんじゃいそうになったけどガマン。だってリオネル皇子と皇子がおしゃべりしてない。

「………」

「………」

むごん。皇子ってこういう感じでごはん食べるのかぁ。僕はお父様とかお兄様とおいしいねってゆって食べるから、ふしぎな感じ。

シュークリームをもう一口食べて、んうー！　ってなってほっぺにお手てをあててたら、セブランお兄様も僕を見ておんなじのを食べてウンウンっててした。

「とても美味《おい》しいですね」

「そっ！　そうだろう、セブラン。さあ、ラファエルも食べてみるといい」

「ハイッ……美味しいです！」

「ラファエルは、あ、甘いのが好きなのか」

「は、はい」

もういっこ食べていいかなぁ。でも大きいから、お夕飯食べられなくなっちゃうかも。うむぅ……

お家のごはんも食べたい。

今年いちばんくらいに悩んでたら、やさしいお顔で僕を見てたセブランお兄様がお口のはじっこを指でトントンってしてした。

「ふふっ、フランお口の横にクリームがついているよ」

「ふぁ！」

ナプキンでお口をごしごし。

「うん、とれたね。もうひとついただくかい？」

「うー。おなかいっぱいになっちゃうかもなので、なやんでます」

「そうか。フランのおなかはちいさいものな……あちらのプディングも美味しそうだよ」

「プリン！」

セブランお兄様におすすめされて、とってもらったプリンも熱々でおいしい！

「セブランお兄様、プリンおいしいです！　セブランお兄様も食べてみてください」

「うん、そうしようかな」

ふたりでおんなじの食べて「おいしいねー」ってしてたら、リオネル皇子とラファエル皇子もお話ししだした。

なんか、どの味が好き？　とか聞いてる。皇子もお兄ちゃんに好きなのこたえるのに一生けんめいだ。……うむ、よかった！　今日は僕に楽しいお話してってゆわないっぽい！

それから知らないお菓子たべて、結局おなかいっぱいになっちゃった。もうおなかいっぱいで眠い。皇子さまたちがだんだんお話がもりあがってきて、フフフッて談笑するようになって、なかなかおねむの僕に気づかなかったから僕はウトウトしちゃった。

夕方になりそうな時間に、やっと「フランが眠そうだ、また今度集まろうか」ってリオネル皇子が言ってくれて僕とセブランお兄様は家に帰ったのだった。

閑話　まわりの人たち5

Akuyaku no Goreisoku no Doudeshitai Nichijyo

ぼっちゃまの手から皿が滑り落ちました。反応しそうな体を抑えて壁に立ちつづけます。皿は旦那様から遣わされた騎士によって床への衝突をまぬがれました。

あの騎士は反射神経は良いようですね。私が勤務していたときには顔を見たことがないので、この数年で旦那様の執務室に出入りできるようになるとは優秀と見て良さそうです。……呪詛《じゅそ》を躱《かわ》せなかったことの評価は横に置いて、ですが。

「お……っと！　ふぅ、クッキーは無事ですよ。……フラン様？」

騎士が話しかけますが、ぼっちゃまはいまだ呆然《ぼうぜん》としています。先ほどまでニコニコと騎士にクッキーを与えていたのが嘘《うそ》のよう。

駆けつけたいのを抑えて、ぼっちゃまの様子をよく確認いたします。

（おなかはまだ空《す》いていないでしょうし、呼吸も安定しているからお疲れで眠いというわけでもなさそう。漏らすような恐怖もなかったはずですので、これは「瞑想《めいそう》のお時間」でしょう）

春のはじめから時折起こるぼっちゃまの鬱々タイム。

はじめこそ慌てたものの、最近では我々メイド衆も「フランぼっちゃまの瞑想のお時間」として受け止めております。

いちばん初めは春のころでした。

癇癪《かんしゃく》を起こされたぼっちゃまが、突如としてお口をとざしトボトボと自室へと戻ると、ころんとベッドに伏せてしまわれました。

旦那様や兄上のぼっちゃま方にご相談したのですが、

「フランがか？　医師は問題ないと言ったのだろう。ならば癇癪を起こしすぎて疲れたのではないか？　……ふむ、見に行ってみよう」

「え、あのフランが？　常に機嫌がよさそうなのに珍しいね。……見てみようかな」

「なんだとフランが！　病ではないのだな！　様子を見に行くぞ！」

とお見舞いにきてくださったものの解決はせず、結局その後、ぼっちゃまはおひとりで立ち直りました。

「瞑想のお時間」はぼっちゃま自身がヨシとなったら終わるのです。それまではわたくしどもは待つしかありません。

「フラン、そろそろ帰ろうか。フラン？」

旦那様とのお話し合いが終わったセブラン様が、ぼっちゃまのほうまで歩みよってお声をかけられました。

死んだ魚のような瞳、いえ、濁ったクリスタルのような……いえ、とにかく元気のない表情で見上げるぼっちゃま。

「セブランお兄様」

「うん？」

「聖女さまは、聖女さまはもうきますか。僕、心のじゅんびがまだです……」

ぼっちゃまは胸のまえでキュ、と指を組まれ、まるで心を護《まも》るようにされました。なにか不安を抱えているようです。それに気づいたセブラン様は、ぼっちゃまの手を両手でつつんで安心させるように微笑《ほほえ》まれました。

「聖女指名はすぐにはできないんだ。予定を早めるにも準備があるし、どんなに急いでも年末になるようだよ」

それを聞いた途端、ぼっちゃまの瞳がキラキラと輝きを取り戻しました。まだ幼いお顔立ちの大きな目が、感情を隠すことなく輝くのを見ると、こちらまで嬉《うれ》しくなります。案内役の騎士もホッとしていました。

旦那様が教会へ行くと宣言なさり、獅子《しし》のように飛び出していかれるのを、ぼっちゃまはセブラン様とお見送りなさいました。相当ご機嫌なようで笑顔で送ることができていました。素晴らしいです。さて、帰宅しようと城の脇の出入り口に向かっていると、近衛兵がやや早足でやってきました。礼節と優雅さを重視する近衛兵には珍しい動きですね。

ぼっちゃま方のうしろで、頭を下げて止まります。

「トリアイナ公のご子息、セブラン様とフラン様とお見受け致します。我が君がお呼びでございます。どうかお越しください」

「その制服は……謹んでお伺いいたします」

近衛兵が我が君というならばそれは皇族のどなたか。制服からはリオネル皇太子殿下で間違いないでしょう。セブラン様はすぐに理解なさり頭を下げて了承しました。さすがでいらっしゃると視界の端で感嘆していたら……なんと！　ぼっちゃまが場の雰囲気を読んで頭を下げていらっしゃいます！　おちいさい頭を下げておられます！

（なんということでしょう……これはお屋敷に戻ったら他のメイドたちにも教えてあげねば。料理長にも言えば特製ケーキを焼くでしょうね）

お生まれになった頃からお世話させていただいている身としては、日々の小さな成長も見逃さずに記録していきたいのです。


リオネル様のおひらきになったお茶会は、どうやら急に指示されたもののようでした。城内では小さめのサロン。飾り付けも料理も完璧ですが、ぼっちゃま方がお席についてもテーブルにはお菓子が次々と運び込まれますし、給仕のメイドたちも落ち着いてみせてはいますが、視線にて鋭く連絡をとり合っています。

「城に来ていると報告があってな、ち、ちょうどお茶をするところだったのでラファエルとおまえたちを呼んだのだ」

「おっ、お呼びくださり光栄です、兄上」

「あ、ああ、そうか」

ぼっちゃま方に話しかけているようで、皇子方はご兄弟のほうに意識を向けているのが丸わかりでございました。おふたりとも視線が合っては外し、またちらりと見ては、を繰り返していらっしゃいます。

もちろんぼっちゃまはそんなことには気づかず、なにやら丸く茶色のお菓子に目を奪われているようでした。すぐに取り分けて差し上げたいのですが、サロンの出入り口での待機を許されただけでも僥倖《ぎょうこう》ですので見守ることしかできません。歯がゆいですね……ああ、ぼっちゃま、お菓子とリオネル様の口元しかチェックしていません。

セブラン様もぼっちゃまのご様子に笑いをこらえ、ぼっちゃまの許可を求める目にすぐに頷いて返してあげていました。

「んんう～……！」

シュークリーム、というのが相当に美味だったらしく、一口食べるごとにぼっちゃまのお体がぷるぷるしています。おみ足をばたつかせないのが偉いですね。もともと皇子殿下方にはお気を遣うぼっちゃまなので、マナーの心配はなさそうです。

「もうひとついただくかい？」

「うー。おなかいっぱいになっちゃうかもなので、なやんでます」

「そうか。フランのおなかはちいさいものな……あちらのプディングも美味《おい》しそうだよ」

「プリン！」

美味しいものを食べ、徐々にリラックスされたご様子のセブラン様とぼっちゃまは、お屋敷でするランチのように和やかにお茶を楽しんでいらっしゃいました。

しかしぼっちゃまはお腹《なか》が満ちれば眠くなってしまう性《さが》。とくに広い城内をお歩きになりましたからそろそろ。

「……………」

案の定口数がへり、フォークとナイフを持ったままの頭が揺れています。セブラン様が「フラン」と優しくお声をかけて、起こしてあげていらっしゃいます。それを繰り返すこと数度、セブラン様が唇を噛《か》んでなにかを耐える表情をなさいました。

（……！）

なんということでしょうか、ぼっちゃまが白目です。目をあけたいという理性と寝たいという瞼《まぶた》とが戦った末、白目をむいて半目のままぐらんぐらんと大きく揺れています。ぼっちゃまについた給仕メイドもピクッと手を揺らし俯《うつむ》いたので気づいたのでしょう。

ところがここにきて皇子方の会話が、やっとなめらかになりだしているのです。ホストであるリオネル様が気づくまでは、皆、なにもできません。

「美味《うま》いかラファエル」

「はい、とても美味しいです」

「そうか。私も食べてみようかな」

「あ、でしたらあの、クリーム多めのほうがよろしいかと」

「クリームか？　やってみよう」

「はい……っ」

しばらくは期待できないようですね。

私は冷静な顔を作りながら、揺れるぼっちゃまと耐えるセブラン様を心で応援しながら見守りました。

エピローグ

どうにかしていけてるかもしれない僕の話

「んぁあああ～！」

ゴロゴロゴロ……！

ししょーの剣をなんとか受けた僕は地面をころがった。こうやって衝撃を受けながすのだ！

「ほっほっ！　剣を持ったままでよく転がりますな。一種の才能ともいえますのう」

「ええ、とても独特な受け身ですね。……フラン、よくできてる」

奇跡的におやすみだったセブランお兄様がほめてくれる。ぬぬんっ。今日はセブランお兄様が見てるから、もう疲れちゃってきてるけど、かっこいいところ見せる！

「もっかい！　……へぇぇい！」

「はいはい」

「んぁあああ～！」

おじいちゃんなのに素早いししょーに剣をコツン、クルンとされて鍛錬場にころがった。

土のうえにうつぶせになった僕は疲れてハァハァ。剣をぶすっとさして立ち上がる。

「まいりました……！　今日はここまでにしてくださいっ」

「はい、わかりました。怪我《けが》してないかメイドに診てもらいなさいよ」

「ぅあい！」

また次回と笑いながら帰っていくししょーは86歳。細くておじいちゃんなのにとっても元気。

セブランお兄様といっしょに、ししょーにペコリとおじぎしてお見送りしてお顔をあげる。すぐにキティたちがきて僕のお洋服の砂とか払ってくれたり、痛いところないですかって聞いてくるから、ないよって言う。おケガしたらししょーとかメイドの責任になるかもしれない。だから僕はいつもシンチョーに剣術をしてるんだよ。

「フラン、よく頑張ったね。お風呂に行く？」

「はいっ！　セブランお兄様もごいっしょしてくださいっ」

「ふふ、喜んで」

セブランお兄様が笑いながら魔法でキレイにしてくれた。キレイになったけど、お風呂とこれは別のお話ですからね！

うきうきして鍛錬場からごいっしょに歩いてたら、廊下を歩いてるステファンお兄様を発見！

ステファンお兄様も外を見てたみたいで窓をあけてくれたから、僕は手をふるのを中止して窓のところまでダッシュ。

「ステファンお兄様っ、おかえりなさい！」

「ただいまフラン、セブランも。鍛錬場とは珍しいな。剣術の稽古か？」

笑いながら窓越しに僕の前髪をあげるステファンお兄様。おでこ丸出しだけど、汗はないと思うので！　サラサラおでこですよ。

「んふふ」

「おかえりなさいませ、ステファン兄様。本日のお仕事は終わりですか？」

「ああ。城に泊まりばかりだったから、たまには帰れとリオネル様にも言われてしまった。明日も休みだ。セブランも休みだったか」

「はい。ボクは今日だけですが」

「んあああっじゃあ今日はおふたりともおやすみ！　おやすみですか！」

僕はうれしくなって体が跳ねちゃった。窓越しだからこれ以上ステファンお兄様に近づけないのがつらい！　けどとにかくうれしい！　おとなりにいるセブランお兄様にゴイゴイゴイって擦りついてうれしい気持ちを発散！

「ふふ。フランは元気だな。私はこれから風呂に行くが、おまえたちも行くか？　稽古のあとだろう」

「行きますっ！」

「ぜひに」

ステファンお兄様はお風呂行くのがお好きなのだ。

みんなでお風呂に入ったら、きっとおつかれのとれ方がちがうよね！

「ではボクは風呂上がりの軽食を用意させてから行きますので、風呂はふたりでお先にはいっていてください」

「んう……セブランお兄様、すぐきますか」

「うん。指示を出したらすぐに行くよ」

ぺふん、と頭をなでてセブランお兄様はたぶん厨房《ちゅうぼう》のほうにむかってった。なんか途中でメイドを呼んでる。

セブランお兄様のお背中を見送ってから、バッ！　とステファンお兄様を見る。

「ステファンお兄様、そこでまっっててください！」

「ああ、ここにいよう」

鍛錬場からステファンお兄様のいる廊下までは、あっちの出入り口からはいらなきゃ！　僕はおお急ぎで出入り口に行って、廊下まで早足した。曲がり角をまがったら、お約束どおりステファンお兄様がそのまま待っっててくれた。

「ステファンお兄様～！」

僕に気づいてゆったり歩いてくるステファンお兄様は、僕が早足で近づくと両手をひろげてくれた。

「あー！　ステファンお兄様おかえりなさいっ！」

「っ、ふは！　ただいまフラン。フランは体温が高いな」

「んきゅふふ！」

ぎゅうっと抱きしめてもらって大満足の僕。お父様みたいにぐりぐりしてはくれないけど、おでこにただいまのチュウをしてくれた。

そのままふたりでお風呂に行くことに。

お風呂についたら、まずは湯ぶねにちゃぽんとする。

僕はあさいところで、ステファンお兄様は大人用のところ。ステファンお兄様はすごく疲れてたのか「ふぅ……」と息をはいて目を閉じてた。たいへんだ。これは体をあったためてしっかりお疲れを取らなきゃ！

おじゃましちゃいけないって思ったから、僕はメイドに布を持ってきてもらった。ステファンお兄様が寝てるあいだは、布をお湯にいれて静かに遊ぶのだ。

空気をいれた布をしずめてプクーとさせたり、お湯のなかでジュワッと空気をつぶしたりする。おもしろい。えいえんにできる……！

十回くらいジュワッとさせたところで、セブランお兄様が入ってきた。すっぽんぽんだけど、かっこいい。足がまっすぐだし、おなかもかっこいいんだよ。

セブランお兄様はステファンお兄様のほうを見てニコ、ってしてから静かに子ども用のお風呂に入ってきてくれた。

「……」

お静かにしたいけど、セブランお兄様にも近づきたいから真顔でセブランお兄様のところまで移動。おひざでちゃぷちゃぷ歩くのだ。いそげいそげ。

セブランお兄様もまんなかくらいにきてくれて、僕を待っててくれる。

「へふぁっ……」

「ふふ」

セブランお兄様の胸に抱きついたら、あぐらをかいてるお兄様のお膝のうえによじのぼる。ふぅっ、到着です！

あ、と思ってステファンお兄様を見たけど、頭を壁にもたれさせて寝てた。お仕事たいへんなのかな？　僕になにかお手伝いできないかなあ。

セブランお兄様の肩にほっぺをくっつけて見てたら、頭のうしろらへんをなでられた。

いんだぞ。

「はい。ねむそうです」

セブランお兄様がしずかーに、お風呂の仕切りのところまで連れてってくれた。そこからふたりでステファンお兄様を眺める。お鼻が高くてかっこいい。寝ててもかっこいいんだから、起きたらすご
うむ、としてたら片目だけあけたステファンお兄様と目が合った。

「しまった、ほんとうに寝てしまいそうだ……」

「ステファン兄様、お疲れですね」

「おねむですか」

もうあがっちゃうかな、って思ってたら、ステファンお兄様がお手てでじぶんの髪をうしろになでつけた。濡《ぬ》れてるからそのままになって、いつもとちがくてなんだかドキドキする。

「体を清めなくてはな。セブラン、フラン、先に洗うか？」

「ボクはフランを洗おうかと思っていたのですが……」

セブランお兄様とお風呂に入るときは、たいていセブランお兄様があらってくれる。おまかせしてるとモコモコのアワアワにしてくれて気持ちいいの。

「そうか、では……」

「……はっ！　あの、あのお兄様！　今日は僕が！　僕がおふたりのお背中あらってあげますっ」

僕、お疲れのお兄様たちのお手伝いする！

センゲンしたら、ステファンお兄様はひょいって片方の眉毛だけあげてふしぎそうなお顔をして、

セブランお兄様はふふって笑ってくれた。それからふたりでお顔を見合わせてるみたい。

「ふ、そうか、楽しみだ」

「よろしくね」

「ぅあいっ！　おまかせあれー！」

ザパァとお湯から出たら、お兄様たちもあがってくれて、床にすわってくれた。メイドたちがよってきて、ササッとお兄様たちの体を布であらう。でもお背中は手つかず。

「フランぼっちゃま、どうぞ」

「ん！」

石鹸《せっけん》をつけた新しい布を渡された。

「ステファンお兄様、お背中ゴシゴシしますね！」

「ああ、頼む」

「ゴシゴシ、ごしごし」

僕よりとっても大きいお背中を、両手でつかんだ布でしっかりこする。スベスベの布だから痛くないと思うんだけど、どうかな。とにかくまんべんなくやろう！

「セブランお兄様もゴシゴシ、ごしごし」

「……っく、……ふ」

「くすぐったいですかー？」

「いや大丈夫、つづけて」

「はいっ。ごしごし」

「……ッ……くく……」

ステファンお兄様とセブランお兄様のお背中をこうたいであらう。ふたりともお背中が大きいからたいへんだ。がんばるぞ。僕は一生けんめい、あらう！

（どうかな？）

たくさんあらったから、息がはあはあしちゃった。ふぅーってした僕はお背中ぜんぶに泡がついたのを確認！　これであらい残しはないかな？

「ステファンお兄様、おかゆいところはございませんか～？」

「ああ、完璧だフラン。とても気持ちよかったぞ、ありがとう」

「えへへ。セブランお兄様、あらい足りないところはございませんか～？」

「うん、とてもすっきりしたよ。フランは洗うのが上手だね。ありがとう」

「ぅえへへへ」

お役に立てたかな。立ててたらうれしいな！

魔法で泡をながしたステファンお兄様が、お礼にって僕の頭をあらってくれた。シャンプーがとってもじょうずなんだ。

僕の頭をステファンお兄様の大きいお手てがマッサージみたいにもみもみしてくれる。

「んふふっ僕、お兄様にシャンプーされるのだい好きです！」

「そうか、私もフランの洗髪はたのしいぞ」

「ふぁー！　じゃあリョウオモイですね！」

「っハハハ！　そうだな、たしかに両想《おも》いだ」

ステファンお兄様が笑ってくれて、元気になったみたいでうれしかったです！

セブランお兄様も僕たちを見てニコニコしてたけど、ステファンお兄様が「つぎはセブランだな」ってシャンプーしようとしたら真っ赤になってごえんりょしてた。最終的にはシャンプーされてましたが！

「ステファンお兄様のシャンプー気持ちいいですよねー！」

「うん、はい……」

ずぅっとお顔が赤いセブランお兄様。ステファンお兄様もたのしそうに、シャンプーしてた。

「では我ら三人はみな両想いだな」

「！　そうですね！」

「……ふふっ間違いありません」

ステファンお兄様もセブランお兄様もうれしそうに笑うから、僕はとってもしあわせな気持ちになった。

僕が悪役にならなかったら、こういう日がずっとつづくんだよね。

しあわせな日のためにも、僕の心と体の安心のためにも、僕は良い子になるのをつづける決意をしたのでした。

書き下ろし番外編

いつかのお花の香り

Akuyaku no Goreisoku no Dounikashitai Nichijo

「へぶっ……えうっ……」

おそでで涙をこすりながら、隠し通路の先にある教会を出る。なんで！　なんであんなこわい道にしたの！　何回目かの僕がぜんぜん慣れないのに、キンキューで使う人はきっともっとこわい気持ちになるよ。

「んぐ、あっ……カツア、トレーズくぅーん！」

「よぉ。すげぇ顔だな」

やっとお顔をあげられたところで、教会のくずれた塀に座ってるトレーズくんを発見。トレーズくんも涙と鼻水でベショベショの僕を見つけて、手まねきしてくれるから、べべべベッて走って抱きついた。トレーズくんは「ぉぉ……」ってちょっと引いた声出してたけど、すぐにポッケからハンカチを出して僕のお顔を拭いてくれる。

「トレーズく、んぬ、おひさし、ブニュ、です！」

「おう」

「ムヌン、ぬ、いい香りします！」

僕が泣いてるといつもハンカチでお顔拭いてくれるんだけど、そのハンカチがなんか今日はすごくいい香りするぞ。

ちゃっとお顔を離してハンカチを確認。いつも通り「木綿！」て感じのシンプルで、色も生成りなハンカチっていうか、布。

「んう？」

いつも通りの見た目すぎてなんでいい香りするかわかんない。ふしぎに思ってトレーズくんを見上げたら、なんかちょっと変な顔している。ぬぬ、お目めの下が赤い気がしますね。

「あー……スラムにはいろんな雑草が生えてんだけどよ、いい匂いのすんのがある」

「はい」

「それを乾かして、ハンカチに包んどくと匂いがつくんだ」

「へぇえええっ、すごい！　じゃあこれは草の香りなんだ！」

トレーズくんが持ってるハンカチにお顔を押しつけてクンクンクンクンクンクンクン。

「こえぇこえぇ！　そんな嗅ぐな」

「べゥッ」

おでこをちょっと押されてお顔を離された。いい香りってずっと嗅いでいられるよね！　あとなんか懐かしい気がするし！

「僕、この香りお家《うち》でかいだことある気がするよ」

「よくある雑草だからな。花を乾燥させると売り物になる」

「そうなんだ！」

トレーズくんはちっちゃいのにお店とかやってるのかなぁ。弟の面倒見てるとか言ってたし、なんていうかこう、大黒柱みたいな存在なのかも。

「それより、フラン。今日はどうする」

「街みに行きたいです！」

「おう。じゃあ用意して行こうぜ」

ハンカチをズボンのポッケにしまったトレーズくんが立ち上がった。お着替えのために教会にむかうトレーズくんのお背中。僕は小走りで追いついて、トレーズくんとお手てを繋《つな》ぐ。

「トレーズくん」

「あ？」

「あのね、ハンカチすごくいい香りだったよ。こわくて悲しい気持ちもなくなっちゃった！　ありがと！」

「……おう」

見上げてお礼を言ったら、トレーズくんはこっちを見てくれなかったけど、お顔は真っ赤になってた。


お家に帰ってきた僕はいま、お鼻をうえにむけて家中を練り歩いているところです。僕が広い廊下をぐねんぐねん自由自在に歩いてるから、うしろに控えてるメイドたちも同じようにぐねんぐねんに歩いてついてきてくれてる。

うえに向けてるお鼻に集中してふすふす、フスフスフスッ！　ってしっかりまわりの匂いを嗅ぎます。

ずっとやってたら息が苦しくなってきたので、お口からはぁーってして休憩。

「どこでかいだのかなぁ」

たどり着いた玄関をぐるりと見回す。大きい花瓶にお花が活けてあるけど、あの香りとはちがう。

トレーズくんのハンカチの香り、僕ぜったい知ってるって思ったら気になっちゃって捜索中なのだ。

「フラン」

「んあ、セブランお兄様！」

うえから声が聞こえた。見上げたら階段の柵からセブランお兄様が僕を見てる。

僕と目が合うとすごく不思議そうな顔をして、ゆっくり階段をおりてくるセブランお兄様。

「フランたちがぞろぞろと蠢《うごめ》いていると報告があって……何をしているの」

「んんと、僕、いい香りをさがしてました」

「いい香り？」

セブランお兄様が階段をおりきったので近くまでちょっとだけ早足でお迎えにいく。頭にぽんてお手てをのせてくれて、それからなでてくれた。んふふふ、気持ちいい。

「お花の香りなのですが、どこでかいだか忘れちゃったのでお家のなかをかいでました」

「嗅いで……家は広くて大変だろう。ボクも手伝おうか」

「いいんですかっ。ぜひおねがいします！」

セブランお兄様と捜索できるとは！　ごいっしょにいられるだけでもうれしいからワクワクしちゃう。

むにんってお手てを繋いだら、セブランお兄様もにこってしてくれた。それではいい香り捜索、お兄様とごいっしょに再開です！

「あの花は？」

「んぬ、ちがいます。あの、あの、たぶんカンソウさせたお花で」

まず最初にセブランお兄様が言ったのは、やっぱり玄関のでっかい花瓶だった。けど生のお花ではないのだ。トレーズくんは乾燥させたお花って言ってたけど、僕がトレーズくんに会ってるのはないしょだからその説明はできない。ぐぬぬぬ。ジレンマ！

ちょっとしゃくれながら歩いてる僕を気にしてセブランお兄様もゆっくり歩いてくれる。

「そういえばサロンに乾燥させたものがあったな。けれどフランはサロンに行かないものね」

「はい。セブランお兄様がいるときだけ行きます」

子どもは禁止されてますので。お手てを繋いだまま天井を見て、ちょっと考えたセブランお兄様は
「あっ」という顔をした。

そんで、やってきたのは厨房《ちゅうぼう》。

「んはーッいい香りですね！」

バターの！

「シェフ、スコーンつくってるのっ？」

「はい、ぼっちゃま。ご名答でございます」

「はぁあああっ、スコーンは焼くときからスコーンなんだぁ」

フスススって今日のデザートの香りを嗅ぐ。握ってるお手てもコーフンでむにむにしちゃう。

シェフが笑顔で「お味見しますか」とか言ってくれるけど、もうすぐお夕食だし……っ。

悩む僕のおとなりでセブランお兄様はおでこを押さえてた。

「花と言っていたのだった……」

これはこれでいいですよ！　まちがいなくずっと嗅いでいられる香りです。

「うん？　あれは干してあるのかな」

「はい、さようでございますセブラン様」

セブランお兄様が見つけたのは厨房のお外。窓からチラって見えるのは壁にかかってるハーブだった。

厨房の中に入るのはダメって言われてるから、遠回りをして干してある壁のところまできた。ハーブだけと思ったら玉ねぎもにんじんもヒモでしばって干してある。

シェフがご説明してくれるには、野菜も干すと香りが良くなっていいダシが作れるんだって。こんなところで新しいインテリアみたいにして作ってるとは。野菜はともかく、花束みたいになってるハーブは嗅いでみたい！

ウズウズ、ウズウズッてしてたら厨房で待っててくれたシェフが、

「ああ、では私が」

「いや、いい。ボクが背負おう。フラン」

「うあいっ！」

屈《かが》もうとしたシェフを止めて、セブランお兄様が僕にお背中を向けてくれた。おんぶ！　おんぶはレアですよ、やった！

いそいそとセブランお兄様の肩にお手てをかけて、お胸をお背中にくっつける。

（んあ？）

クンクンクンクン。

セブランお兄様の肩にお鼻をつっこんでお鼻をならしまくる僕。

「フ、フラン。どうしたの」

「これですセブランお兄様！」

「わっ」

僕の大きい声にセブランお兄様がビクッとした。ごめんなさいです！　でも！

「セブランお兄様のここの香りがそうです！」

「首の？　……あ、もしかして」

しゃがんだままのセブランお兄様が首元からおリボンをシュルンてぬいた。それからおんぶしてくれる。

「このリボンかな」

「んああっこれでした！」

「ふふ、そう」


僕におリボンを渡してくれたセブランお兄様は、しっかりとおんぶし直してくれて笑ってた。

貴族っておリボンに香りをつけてるんだって。トレーズくんから聞いたように、乾燥したお花を包んだ箱におリボンをいれとくみたい。セブランお兄様は、最近そのお花を変えたらしい。

「ステファン兄様とお揃《そろ》いにしたんだ。ジャスミンとミントだよ」

誇らしいみたいに、でもちょっと照れた感じでセブランお兄様が教えてくれた。

「フランは小さい頃にステファン兄様に背負われたことがあるから、もしかしてそれを覚えていたのかな」

「！　そうなんですか」

「ああ。こんどステファン兄様が帰ってきたら、おぶってとお願いしてごらん」

「あいっ」

秘密の作戦みたいな感じでセブランお兄様が言うから、僕はたのしくなっておリボンをぎゅっと握った。それからいい香りのするセブランお兄様に全身でくっついたのでした。

あとがき

この度は「悪役のご令息のどうにかしたい日常」をお手に取ってくださり、ほんとうにありがとうございます。

主人公のフランは悪役ですが、前世を思い出し回避しようと動きだします。

前世の圧倒的な知識を使って現状を打破、そこには兄弟との決別や友との別れ、信じた人からの裏切りなどがあり……ということはなく、6歳のフランには幼児の困難レベルのことしか起きません。

なぜなら書いている馬が、ちいさいこがツライと感じること、その事象自体にメンタルが耐えられないから……！

かくしてフランは、ゆるくてフワフワした日常を送ることになりました。まわりの人たちも優しくて誠実な人が多く、貴族の子としておおむね平和な生活です。

フランが前世の一般庶民の感覚を取り戻し、やや海外の子の要素含むのでスキンシップも多めで周囲と接したのでまずはお兄様たちがどんどん甘くなって来ました。はじめは貴族らしく、お互いに少し冷たい距離をおいた関係の三人でしたが、セブランお兄様は秘めていた面倒見のよさが開花しました。フランにとっていちばん身近で甘えられる人です。ステファンお兄様も弟たちを導こう、守ろうという意識が芽生えました。悪役のままであった場合は、弟が勇者に倒されてもまったく動じなかったようですが、もはや今そうなろうものなら、生まれて初めてくらいの怒りを爆発させるまでになっているようです。

会うはずがなかったスラムの少年トレーズくんも、フランがお家から抜け出したことで頼れるお友達になりました。彼の運命も、フランといっしょに変わっていくようです。余談ですがトレーズという名前は、スラムにたくさんいた子供のうち十三人目の子くらいの意味でした。彼が大人になったとき、愛着のない名前を捨てて、ほかの名前を自称するという未来がありました。しかし満面の笑みで「トレーズくん!」と呼んでくるフランとの出会いで、その未来はなくなるのかもしれません。

最後にこの場を借りて感謝を書きたいと思います。

イラストを描いてくださったコウキ。様。ネット版では登場人物の容姿が不確定だったのですが、コウキ。様の柔らかく繊細なイラストによって、フランが至上の可愛い姿になりました! ほんとうに可愛くて、初めてイラストのラフをいただいたときに動悸がしました。ありがとうございました。巻末マンガの兄弟のいとしさたるや……!

一迅社様で担当してくださった編集者様には大変お世話になりました。右も左もわかっていない馬を丁寧にフォローしてくださり、感謝の念に堪えません。

最後に、このお話を読んでくださった皆様。こうして本という形になったのは、たくさんの方々の応援とお力添えのおかげです。本当にありがとうございます!

ぬくぬく日和　byコウキ。

フラン坊ちゃまはあらゆる場所でお眠りになります
わっ坊ちゃま今日は廊下の真ん中で
私が連れて行こう
ヘソを上にして寝ているのは珍しい
いつもは隅《すみ》で丸まっているだろう
今日はお天気がいいからでしょうか
ぽか
ぽか
ああ…
暖かくて伸びたんだな
まだまだ本能だけで生きる年頃か
幻覚が見えるわ
まことに私共《わたくしども》の癒しでございます

悪《あく》役《やく》のご令《れい》息《そく》のどうにかしたい日《にち》常《じょう》

初出……「悪役のご令息のどうにかしたい日常」
小説投稿サイト「ムーンライトノベルズ」で掲載

2021年6月5日　初版発行
2021年7月19日　第2刷発行

【著　　者】馬《うま》のこえが聞《き》こえる

【イラスト】コウキ。

【発行者】野内雅宏

【発行所】株式会社一迅社
〒160-0022
東京都新宿区新宿3-1-13　京王新宿追分ビル5F
電話　03-5312-7432（編集）
電話　03-5312-6150（販売）

発売元:株式会社講談社（講談社・一迅社）

【印刷所・製本】大日本印刷株式会社

【DTP】株式会社三協美術

【装幀】AFTERGLOW

ISBN978-4-7580-9371-2

おたよりの宛先
〒160-0022
東京都新宿区新宿3-1-13　京王新宿追分ビル5F
株式会社一迅社　ノベル編集部
馬のこえが聞こえる先生・コウキ。先生